メディアワークス文庫

百鬼夜行とご縁組
～契約夫婦と聖夜の誓い～

マサト真希

登場人物

花籠あやね（はなかご・あやね）
本作のヒロイン。とある経緯で、太白と契約結婚することになった。

高階太白（たかしな・たいはく）
仙台一の高級ホテル「青葉グランドホテル」の御曹司。その正体は鬼の大妖怪。

高階啓明（たかしな・けいめい）
太白の祖父。「青葉グランドホテル」の元総支配人で現在行方不明。

高階長庚（たかしな・ちょうこう）
太白の父。長らく行方不明だったが、前回姿を現す。だが真意は黙して語らず…。

土門歳星（どもん・さいせい）
「青葉グランドホテル」の現総支配人で太白の元教育係。正体は大天狗。

小泉（こいずみ）
あやねの世話役となったしゃべる猫（猫又）。

お大師さま（おだいしさま）
松島の地で暮らしていた狸の妖怪。小泉とともにあやねたちと暮らす。

白木路（しらきじ）
高階家に仕える幼い少女の姿をした狐。外界と隔絶する“結界”を張るのが得意。

藤田晴永（ふじた・はるなが）
東京からやってきた陰陽師。若くして陰陽寮No.２の地位を持つ。

三峰（みつみね）
晴永の使い魔で、山犬の妖怪。普段は背の高い強面の女性の姿をしている。

藤田晴和（ふじた・はるか）
晴永の姉。陰陽寮での地位をめぐり、晴永と対立している。

白糸（しらいと）
妖怪「二つ口」の一族の女性。過去一度襲撃に遭い、あやねに助けられる(1巻)。

目　次

1　魚の目に水見えず　4

2　木に縁りて魚を求む　55

3　魚心あれば水心あり　99

4　逢いたいが情、見たいが病　154

5　鬼の隣に寺もある　209

エピローグ　258

1　魚の目に水見えず

あやねさんと、結婚したい。

……という想《おも》いを、高階太白《たかしなたいはく》二十五歳（人間年齢）はこじらせていた。

季節は十一月も半ば。仙台《せんだい》の街に吹く風は、すでに冬と雪の気配。

十階の執務室から、前庭に飾られたクリスマスツリーが見下ろせる。金色の星が晩秋の光を受けてきらきらと輝き、太白の目を射た。

青葉《あおば》グランドホテルは、ただいま改修中のために休業中。

大波乱の百鬼夜行祭にて、壊されたせいである。とはいえ急ピッチで修復が進められ、リニューアルオープンはちょうどクリスマスイブ。それに合わせたクリスマスフェアも計画されている。休業による損失を、少しでも早く取り戻すためだ。

そんなわけで、客は来なくとも従業員の忙しさは変わらない。フェアまで一ヶ月を切り、改修工事の合間を縫って、関係各所との打ち合わせ、業者への発注、ホテル内のデコレーションの準備と、やらねばならないことは山積みである。

さらに事業統括部長ともなれば、思わぬ改修で狂った事業計画の見直しからその先の経営戦略の立案、書類仕事に会議、営業チャンネル開拓のための接待。そのうえ、高階家の次期頭領として妖かしたちのもめごとへの介入など、スケジュールはびっしり埋まっている。というわけで、窓辺で黄昏《たそが》れている暇など皆無。

皆無なのだが……。はあ、とため息が太白の口から落ちる。

いったい、どうしたらあやねさんと結婚できるのだろう。

だがしかし、すでに結婚している。そう、たとえ契約関係に過ぎないとはいえ、もう結婚しているのだ！　結婚しているのに、これ以上どう結婚すればいい？

頭をかきむしりたくなる状況に、太白はただ、業務の合間にひとり吐息する。

こんなにも彼が思い詰めている理由、それは——。

太白はデスクに置いたスマホを取り上げ、あやねからのメッセージを開く。今日の午前中に届いたものだ。ふだんなら、彼女からの連絡は目にするだけで嬉《うれ》しい。しかし、今回の内容は太白の眉を深く、限りなく深くひそめさせるものだった。

『先ほど藤田《ふじた》さんからご連絡がありました。宮城《みやぎ》でのお住まいが決まったとか』

引用の形で、藤田晴永《はるなが》からのメッセージが続く。

『勾当台公園《こうとうだいこうえん》近くのマンションに入居が決まったから、お知らせするね』

馴《な》れ馴《な》れしい文面を目にして、太白の眉間のしわが刻んだように深くなる。

藤田晴永──陰陽寮《おんみようりよう》東京支部のNO．2である若き陰陽師。

あやねを気に入って、仙台を訪れるたびに馴れ馴れしくいい寄っている。契約結婚とはいえ形の上では既婚者なのに、事実婚で籍を入れていないからという、理由になっているようでまったくなっていない、いいわけをもとにした強引さで。

百鬼夜行祭の騒ぎで陰陽寮の警戒を呼び、晴永は監視役として仙台に引っ越すことになった。これまで以上にあやねに接近するだろう彼の勝手を阻止するには、やはりきちんと籍を入れたのち、仮面夫婦ではない夫婦になるしかない。あやねの誠実さに信を置いているが、軽薄な晴永はいまひとつ信頼できないからだ。

万が一、あやねに〝契約〟を破棄されたら──と想像して、太白はぞっとする。

「いや、結婚を悩む前に、あやねさんの気持ちが大事では？」

はたと気づいて、太白は自分をののしりたくなる。勝手に結婚したいと悩むよりもまず、あやねの気持ちを確かめるのが先なのに。

「……いや、それも望み薄か」

松島《まつしま》旅行のときを思い出す。同じベッドで寝て、こちらは緊張で身じろぎもできないというのに、あやねは横になったとたん、秒で寝息を立ててきた。

いくら疲れていたとはいえ、つまり〝そういう相手〟としてまったく意識も警戒もされていないということなのではと、思い返すたびに太白はがっくりする。

いや、いや、無理もない。あやねの前では、いつもみっともないところばかり見せてきた。暑さでダウンし、車酔いでダウンし、船酔いでダウンし、あげくに百鬼夜行祭での無茶な飲み比べでダウンして、そのたびあやねが介抱してくれた。

配偶者というより、むしろ介護相手では——と太白は改めて愕然《がくぜん》とする。

「事業部長、失礼します。間もなく会議のお時間です」

ノックの音のあと、タブレットを手にした秘書が入ってきて会釈した。太白は物思いを振り捨て、冷静な顔を作って振り返る。

「わかりました、すぐに向かいます」

秘書に答える顔は、さっきまでぐるぐる煩悶《はんもん》していたとは思えないほど怜悧《れいり》で美しい。秘書は吐息して見惚《みほ》れてから、あわてて表情を引き締める。

「先ほど、リニューアルオープンイベントに関して追加の企画案資料をお送りしました。ご覧いただけましたか」

「ああ、申し訳ない。いまチェックを」

といって太白がデスクのタブレットを取り上げようとしたとき、

「ちょうど期間中、近くの勾当台公園でクリスマスマーケットが開かれるそうで、それへの参加を検討したいと花籠《はなかご》チーフが急遽《きゅうきょ》作成したものです」

思いがけず聞こえたあやねの名に、太白はタブレットを取り落としそうになる。その様子に気づかず、秘書は話を続ける。

「さすがですよね、チーフ。世情はどんどん変わりますから、人間たち相手の商売もするなら、花籠チーフのように上手に変革が行える方は青葉に必要です」

「そうか……花籠……」

「部長？」

けげんそうに問いかける秘書に答えず、太白は呆然《ぼうぜん》となる。

事実婚のため、あやねは〝花籠〟の姓で社内外に知られている。そして秘書のいうとおり、有能な彼女はいまや青葉グランドホテルに欠かせない重要社員。

となれば、籍を入れて姓を変えることはあやねの仕事上で大きな不利。通称を使えるとはいえ、多忙な業務の合間を縫って煩雑な姓変更手続きなどさせられない。

といって〝高階家〟の次期頭領である太白が、姓を変えるわけにも……。

いや待て。と太白は頭を振る。それは強固な固定観念ではないか？　どちらが変えてもいいなら、そして通称が使えるのなら、自分が変えてもおかしくない。

いや、だからまずあやねに正式な〝結婚〟の意志があるか確かめなければ……。

「それができないから、悩んでいるのですが！」

思わず太白は声を上げてしまい、秘書はびくっと身をすくめる。

「ぶ、部長？　あの、どうされました？」

「なんでも、ありません」

わざとらしく眼鏡のブリッジを押さえ、太白はきりっとして秘書を見返した。

「では、会議に向かいます」

「あの、部長。企画案をお忘れのようですが」

デスクに置いたタブレットを指し示されて、太白は急いでつかんで歩き出す。いつも冷静で有能な上司らしくない言動に、秘書は首を傾《かし》げつつもあとを追った。

エレベーターに乗り込んでからも、太白は悶々《もんもん》と考える。

こんなところに事実婚の弊害が出ようとは。だが契約結婚を申し込んだときは、まさかここまであやねに思い入れをするとは、考えもしなかったのだ。

彼女を見出《みいだ》した自分に間違いはなかった。しかし、その先の展開を見通せなかったのは浅薄だった。後悔に太白は奥歯を噛《か》みしめる。

どうすればいい？　どうしたら、あやねと正式な夫婦になれる？

このままでは、せっかく見つけた逸材を逃してしまうかもしれない。それは青葉グランドホテルにとっても、高階家にとっても大きな損失だ。

悶々と思い悩む太白を乗せて、エレベーターは下降していく。

どうしてそこまで自分が焦っているのか。実は太白自身もわかっていなかった。いや、あえて見据えなかったのだ。見据えてしまえば、自覚してしまうから。

あやねに対する、自分の気持ちを――。

◆

「お腹空《なか》いたあ……。ただいま、帰りました」

あやねの気が抜けた声が高階の屋敷《やしき》の玄関口に響く。

「あやね、お帰りなさいですにゃ」「やっと帰宅であるか、あやね」

奥から猫又の小泉《こいずみ》さんと、お茶碗《ちゃわん》を持った水干姿の愛らしい美少年、お大師《だいし》さまが走ってくる。可愛《かわい》いふたりに、あやねは疲れも忘れて笑みがこぼれた。

「ただいまです、小泉さん、お大師さま」

「遅かったであるな。先に夕餉《ゆうげ》を始めていたであるぞ」

お大師さまは、米粒を顔につけてお茶碗をかかげる。

先日の百鬼夜行祭以来、すっかり高階の屋敷に居ついてしまったお大師さまの正体は、何百年も経た古狸《ふるだぬき》。人間に化けると輝くように可愛い稚児《ちご》姿、狸《たぬき》のときはもふもふの愛くるしさで、あやねの心を和ませてくれる。

「少しも待てができないんですにゃ、この古狸は」

呆《あき》れたように吐息する小泉さんに、あやねはほほ笑む。

「いいんですよ。お待たせしてしまってごめんなさい」

「太白はまだ仕事なんですかにゃ」

「ええ、今日は会食があるから遅くなると」

「明日は出張なのではなかったであるか？　遅くなって大丈夫であるか」

お大師さまが、立ったままご飯を食べつつ尋ねる。さすがに小泉さんが「お行儀悪いですにゃ！」と二股尻尾で叩《たた》いた。

「そうですけど、午前中は仕事で、出発はお昼前なので」

ダイニングに行きましょう、とあやねはふたりをうながして自室へ向かった。

部屋に入り、ビジネスバッグを下ろすと、ほっとした心地になる。八月からここに移り住んでまだ四ヶ月ほどなのに、すっかり安心できる場所だ。

以前住んでいた、両手を広げるとつかえてしまうマンションから一転、広くて収納も多く調度も高級なこの部屋は、最初はどうにも落ち着かなかったのに。

自分でする掃除ではどうしても行き届かないので、月に一度、狐《きつね》の使用人に綺麗《きれい》にしてもらっている。今日はその日で、デスクや本棚、絨毯《じゅうたん》には乱れも埃《ほこり》もひとつもない。ふかふかの布団が敷かれたベッドに、あやねはいますぐダイブしたくなる。

「それにしても……太白さん、なにか変なんだよなあ」

仕事着のジャケットの埃を払ってハンガーにかけつつ、あやねは独り言。

ここ最近、どうも太白の様子がおかしい。以前のようにあからさまに避けてはいないし、屋敷やホテルでの会話もいつもどおり。なのに微妙な違和感がある。

よく考え込んでいるし、ときおり上の空だし、あやねになにかいいたげなのに、すぐ話をそらしてしまう。真《ま》っ直《す》ぐ問い詰めてもいいけれど、その「あからさまではない」ところが、どうも引っかかる。

「ふたりきりの出張先で、ちゃんと訊《き》いてみようかな……」

そうつぶやきかけて、あやねはふと言葉を呑《の》む。

ふだんは真摯な太白だが、隠したいことは決して自分からは話してくれない。問い詰めれば答えてくれるだろうけれど、そこまでして訊いていいものかも悩む。

（もしかして……わたし、怖がってる？）

なにを怖がっている？　太白の真意を確かめること？　でもなぜ、いまさら？

〝……これが契約で、仕事の一環でもいい〟

百鬼夜行祭のあと、あやねはそう考えた。太白は自分に向き合ってくれる。真っ直ぐに、誠実に、ひとりの人間として。

だから、怖い。やりがいのある仕事、気遣い合える太白との穏やかな関係が、下手に深入りすれば壊れてしまいかねないからだ。

あやねは一度、恋愛で失敗している。学生時代からの恋人がいて、彼が海外転勤となったのを機にプロポーズされた。けれど仕事に夢中だったあやねが「日本で待っている」と断った直後、彼は同じ会社の女性と結婚して赴任していったのだ。

傷つかなかったといえば嘘《うそ》になる。プロポーズを断ったあと、彼からはなんの連絡もなく、結婚を知ったのも共通の知り合いからの伝聞だ。

「ていうか、女のほうが仕事辞めてついていくの前提って、おかしくない？」

改めて思い返すと腹が立つ。と同時に、また同じ想いをしたら……と落ち込みもする。妖かしと人間という違いだけではない。ふさわしい結婚相手が見つかるまで、という契約条件を考えれば、状況次第でいつ切られてもおかしくないのだ。

もちろん、太白の実直な性格ならば、きちんと話をしてくれるはずだけれど。

(でも、いま太白さんが悩んでいるのが、そういうことなら?)

寝た子を起こしたくなかった。見ないふり、気づかないふりで過ごしていけば、向き合わずに済むかもしれない……。

「あーあ、ひとりで考えすぎ。とりあえずご飯食べよ」

無理やり思考を打ち切って、あやねは部屋着に着替えるとダイニングへ出ていく。

「あやね、早く、早く。ついでにお代わりが欲しいのである」

ダイニングテーブルに座ったお大師さまが、隣の椅子を叩きつつ、お茶碗を差し出すという器用な真似《まね》をしながら出迎えた。

「この古狸、遠慮や気遣いをどこに置いてきたですにゃ」

「痛い、痛い、尻尾で叩くなである!」

「自分の配膳のついでですから、いいですよ。今日の献立はなにかな」

じゃれ合うふたりを抑え、あやねはお大師さまのお茶碗を受け取ってキッチンへ向かうと、配膳台のカバーを取り、添えてある手書きの献立メモを見る。

「鶏《とり》つくねとかぶの鍋、さわらの幽庵《ゆうあん》焼きに里芋の胡麻《ごま》みそ和《あ》え。デザートにぶどう大福まで。さすが、甘柿《あまがき》さんの献立!」

献立メモにあやねは顔をほころばせた。

『甘柿』とは高階家のシェフの名だ。いまだ直接顔を合わせたことはないが、太白の父である長庚《ちょうこう》の代から仕えている妖かしだと聞いている。料理が絶品なだけでなく、心遣いもこまやか。今日も帰宅時間が決まっていないあやねのために一人分のお盆と小鍋がきちんと用意されており、和風の献立は味も優しそう。

「甘柿さん、ずっとお屋敷専属だったのかなあ……」

温め方まで書いてある献立メモを手に、あやねはつぶやく。

旬の食材を必ず取り入れた、飽きのこないバラエティ豊かな献立や、添えられたメモの行き届いた気配りに、接客経験のあるプロではないかという気がした。

(クリスマスイベントの出店に、甘柿さん、参加してもらえないかな)

自分が出した企画書を、あやねは思い出す。この腕なら、きっと人気が出るに違いない。でも人気が出てホテルの仕事に駆り出され、屋敷のシェフを辞められたら困るなと思いつつ、あやねは温めた料理をテーブルへと運ぶ。

「わあ、美味《お》しそう。いただきます」

小鍋の蓋を開けてふんわりと立つ湯気に、あやねは満面の笑みで手を合わせる。

「ああ、温まる……」

一口、二口食べて、あやねは至福の表情でうっとり天井を仰いだ。

しょうがのアクセントが効いたつくねはふっくら、味の染みたかぶはほくほく、昆布とつくねの旨味《うまみ》が染み出た汁は絶品。仕事の疲れもいっぺんに吹き飛んだ。

「あやね、さわらも脂が乗って美味であるぞ」

「こんな美味しいさわら、小泉はあと三万匹くらい食べたいですにゃ」

太白がテーブルにいない寂しさを、お大師さまと小泉さんのにぎやかな会話が埋めてくれて、あやねは心置きなく美味しいご飯を堪能《たんのう》した。

「明日はどこへ出張なのであったか、あやね」

「秋保《あきう》温泉《おんせん》に、一泊二日です」

お大師さまの顔についた米粒を取ってやりつつ、あやねは答えた。

「二《ふた》つ口《くち》旅館のご令嬢のご祝儀に招待されたんですよ。日帰りできる距離ですけど着付けもありますし、旅館にお部屋も取っていただいてるので、宿泊することに」

「二つ口家とはにゃあ。おめでたいことですけれどにゃ」

小泉さんがお皿から顔を上げ、嘆息した。

「啓明《けいめい》の引退記念パーティみたいに、トラブルが起きにゃいといいですにゃ」

「ええっ、ちょっと、縁起でもないこといわないでくださいよ、小泉さん」

「なんであるか、トラブルとは」

お大師さまが会話に首を突っ込んできた。

太白の祖父・啓明の引退記念パーティ。太白と初めて出会った日である。

若輩者の太白に不満を持つ二つ口家のものが、太白に味方する令嬢を襲撃した日だ。

契約結婚の話はもちろん隠して、あやねはお大師さまにそう説明する。

「縁起でもないことは、小泉だっていいたくにゃいんですが」

お皿をぴかぴかになるまで舐《な》めて、小泉さんはいった。

「二つ口家は血の気が多い一族ですから、なにかしら火種があってもおかしくないですにゃ。パーティでの襲撃も人目を忍んでとはいえ、いわば内紛を外に持ち出した形。自分の領内なら、なおさら遠慮はしにゃいはずですにゃあ」

「そう……でしょうか」

「小泉の取り越し苦労ならいいですけどにゃ。啓明の行方も不明ないま、どこに危険がひそんでいるかわからにゃいですからにゃあ」

不安なことをいわれ、あやねは胃が重くなる。

「これ、小泉。あやねの食欲が失《う》せるようなことをいうでない」

ぴし、とお大師さまが小泉さんにでこぴんした。

「あいたっ、にゃにするですかにゃ古狸」

「そちらこそ、散々我を尻尾で叩きまくったであろう」

小泉さんはふん、と鼻を鳴らすと、あやねに顔を向ける。

「せめて護衛はつけるですにゃ。お抱え運転手兼ボディガードの桃生《ももお》とか」

「それが……縁組のお相手が気難しい一族なんだそうです。今回は身内だけのお式で、わたしたちは立会人の立場なんですけれど、変に護衛を連れていくと警戒されて気分を損ねそうなので、できるだけわたしたちだけで、と」

太白が自分で運転しないと車酔いになるからとの理由もあるが、それは伏せた。

「失礼と安全とを比べたら、安全が大事に決まってるですにゃ」

小泉さんが憤然とする。確かに、なにもかも不透明な事態だ。太白ひとりなら護衛など要らないけれど、妖かしに対して無力な自分がいてはどうなるだろう。

(ダメ、弱気になったら。そこにつけ込むものがいるかもしれないんだから)

「よし、ならば我がついていってあやねを守ろうではないか」

お茶碗片手に勇ましく立ち上がるお大師さまに、小泉さんがため息をつく。

「おめでたさを台無しにするオチしか見えないですにゃ」

「なにをいう。我ほど役に立つおのこはおらぬぞ」

「百鬼夜行祭で太白に大酒飲ませて酔いつぶしたのを忘れたですかにゃあ」

いい合うふたりの会話のさなか、テーブルの端に置いたあやねのスマホがぶるっと震えた。メッセージの着信だ。あやねはすぐさま取り上げる。

「太白さんかな……って、違った」

ロック画面に表示された名前は大学時代の知り合いだった。気づかなかったが帰宅途中にも一件、これは藤田晴永からメッセージが入っている。

太白でなくてがっかりしつつ、あやねは知り合いのほうのメッセージを開いた。

『お久しぶり！　仙台で結婚したんだって？』

気安い口調の文面だ。わざわざ結婚を知らせるほどの仲でもない相手なので放置していたが、どこからか聞きつけてきたらしい。

『先輩が帰国して、連絡を取りたがってる。黙って結婚して悪かったってさ』

がぜん、あやねの眉間が険しくなる。先輩というのはあやねの元彼のことだ。そういえば、彼が結婚したという知らせも、この知り合いからだった。

『向こうで子どもも生まれて出世もしたのに、どうも家庭が上手《うま》くいってないらしいぜ。元恋人のよしみで、話だけでも聞いてあげたらどうだ』

あまりの身勝手さに、せっかくの食事がのどを通らなくなる。

小泉さんたちの手前、平静を装って、あやねは素早くメッセージを返す。

「お断りします。向こうにもわたしの連絡先は教えないでください」

きっぱり簡潔な返事を送ると、あやねは相手からの連絡を着拒する。

元彼の家庭が上手くいってないとか、知ったことではない。いまさら謝りたいなどと口にする厚かましさにも、あやねはひどく腹が立った。

「どうしたであるか、あやね。表情が硬いであるぞ」

「いえ、なんでもないですよ。すみません、お食事の最中に」

心配そうに尋ねるお大師さまにあやねは無理やりほほ笑んで、次に晴永のメッセージを開いた。午前中にも送ってきたのに、と思いながら。

『仙台で行きたい場所ピックアップしたんだけど、よかったら一緒に行かない？　あやねさんにはお世話になったから、そっち行ったらお礼をするね』

というメッセージのあとに、ずらずらと観光地やお店の名前が表示される。

相変わらず軽薄で図々《ずうずう》しい文面だが、先のメッセージでささくれていた心にはその軽さがありがたい。あやねはスマホを見ながらつぶやく。

「藤田さん、ほんとに仙台引っ越してくるんだなあ。不動産屋さんを紹介したのは太白さんだから、わたしにお礼しなくてもいいのに」

「なんであると。あの陰陽師、本気で仙台に乗り込んでくるつもりであるか。悪い若造ではないが、どうも軽佻浮薄《けいちょうふはく》なのが気に食わぬ」

「だいたい、なんでわざわざ仙台に引っ越ししてくるですにゃ」

お大師さまと小泉さんが声を上げるので、あやねは説明した。

「お姉さんの行方が知れないのと、陰陽寮から仙台の地を見張れと命じられたからなんですって。そのための拠点が欲しいっていうことらしくて」

先月の百鬼夜行祭での襲撃騒動。首謀者は晴永の姉、藤田晴和《はるか》だった。

太白の祖父であり、先代の高階家の頭領であり、強大な力を持つ鬼である啓明と手を組み、妖かしたちを惑わせ、祭りの会場を襲わせた。太白やあやね、そして晴永のおかげで、仙台の街を妖かしたちが襲う事態は免れたが、青葉グランドホテルの各所は破壊され、手痛い損失を被ったのだ。

なにより驚きなのは、太白の父・長庚もこの襲撃に加わっていたこと。

啓明の命令で晴和に協力したと思われたが、太白をかばって酷《ひど》い怪我《けが》を負った。最近ようやく起き上がれるまでに回復したものの、経緯を話そうとしない。息子の太白ともほぼ十年ぶりの再会なのに、まったく会話しないらしい。

「あの若造、見張りは口実で本音はあやねのそばにいたいだけですにゃ」

「あり得るのである。人妻に言い寄るとは、まったく不届きものであるぞ」

「小泉もそう思うですにゃ。……って、太白がご帰宅のようですにゃよ」

可愛い両耳をぴんと立てる小泉さんに、あやねはぱっと顔を輝かせる。

「お帰りなさい、太白さん！」「お帰りですにゃあ」「遅いであるぞ、太白」

小泉さん、お大師さまと一緒に、あやねは廊下に出る。太白がネクタイをゆるめながら、出迎える三人に笑顔を見せた。

「ただいま、あやねさん、小泉さん、お大師さま」

「お食事はもう済まされたんですよね。でしたら、熱い紅茶はいかがですか」

「そうですね。ありがたいです、あやねさん」

「じゃあ、太白さんの着替えのあいだに淹《い》れておきます」

太白が自室に入るのを見届け、あやねはキッチンで紅茶の準備をする。いつも太白が淹れてくれるので今夜は逆だなと思いつつ、顔を見られて嬉しくて胸が弾む。

「ありがとうございます。この時期、温かい飲み物はほっとしますね」

部屋着に着替えてリビングに出てきた太白は、あやねがテーブルに出した紅茶を口にして息をつくと、小泉さんとお大師さまに向き直る。

「申し訳ない。ふたりだけで話したいので、少し席を外していただけますか」

「ほほう、ここからは夫婦の時間というわけですかにゃ」

小泉さんはにんまりチェシャ猫笑いをして、お大師さまの袖をくわえて引っ張る。

「ほら、古狸。さっさとお風呂に入って寝るですにゃ」

「ううむ、風呂であるか。どうも体を濡《ぬ》らすのは好かぬのである」

「入らにゃいと客間の布団が汚れるですにゃ。それにこちらも話があるですにゃ」

「なんであるか、話とは。おい、押すでない、子猫ちゃんよ」

お大師さまを尻尾で追い立て、小泉さんはリビングから出ていった。

あやねは食器をワゴンに載せて、狐の使用人が回収しやすいように廊下に出すと、リビングに戻ってソファに腰かける太白の隣に腰を下ろす。

「お話ってなんでしょう。太白さん」

「改まって申し訳ない。……その、ですね」

太白は一瞬いいよどみ、いいにくそうに話を切り出す。

「実は、帰宅前に父のところへ寄ってきたのですが」

「お父さまが、なにか。起き上がれるほどになったとはうかがってますけど」

ひそかに長庚の体調を心配していたあやねは、不安がつのる。

「ご安心を。回復は順調です。ただ……片腕は失われてしまいましたが」

あやねの胸がきゅっと痛む。百鬼夜行祭のとき、晴和が投げつけた〝豆〟――鬼を追い払う呪具を太白の代わりに受けて、長庚の腕は焼けただれてしまったのだ。

「お祖父《じい》さまのことは、なにも？」

「まったく。というより、口を開かない。僕にも、世話をする白木路《しらきじ》にも、です。息子の僕がいうのもなんですが、意固地になった子どものようだ」

「歳星《さいせい》さんとは仲が良かったようでしたけど……歳星さんにも？」

〝太白を頼むと散々俺にいったのは貴様だぞ〟

ホテルのロビーで長庚に対峙《たいじ》したとき、歳星が投げかけた言葉を思い出す。

〝おまえが啓明に逆らったのは、妻《めと》を娶るときだけだった〟

「太白さんを頼むというくらいですから、きっと信頼なさっていたのでは」

「ええ。歳星は父の教育係でもありました。歳星のほうが百歳だけ年上なので」

「ひゃ、百歳……だけ……あはは」

妖かしの年齢単位が途方もなくて、あやねは乾いた笑いをもらす。太白もまだ二十五年しか生きていないのに、長命の妖かしたちに接して感覚が麻痺《まひ》しているようだ。

「その歳星にも、なにも話さないようです。意固地になるとてこでも動かないのは僕と同じ、さすが父子だといわれましたが」

太白は苦笑すると、顔を引き締める。

「それで父のことで、あやねさんに頼みが。一度……僕と一緒に、父に会っていただけないでしょうか」

あやねはちょっと目を開いた。

「もちろん、かまいません。契約とはいえ、太白さんのパートナーですし。でも、わたしがお会いしてお父さまが口を開いてくださるでしょうか」

「むろん、話をしてくれるのを期待しているわけではありません。ただ、その」

照れくさそうに、太白は目を伏せた。

「僕が選んだひとは素晴らしいひとだと、紹介したいだけです」

あやねの胸がどきりと高鳴った。すぐにあわてて、誤解してはいけない、と自分にいい聞かせる。契約相手として選んだという意味のはずだ。

「はい、嬉しいです。わたしもお父さまに、ちゃんとごあいさつしたかったので」

「よかった。明日からの一泊出張から戻り次第、会いにいきましょう」

あやねと太白は優しく見つめ合う。冷え込む十一月だが、ふたりのあいだにかわされる目線はお互いを包み合うように温かい。

「明日は、出社してから昼前に出発です。そろそろ休みましょうか」

「はい。あっ、そうだ」

ソファから立ち上がりかけたとき、あやねは思い出した。

「先ほど、藤田さんから連絡がきました。マンション契約でお世話になったので、仙台に移り次第お礼がしたいと」

「……藤田」

晴永の名前を出したとたん、和やかだった太白の横顔が一変して硬くなる。あやねが眉をひそめると、ふいに太白は正面から向き直った。

「あやねさん！」

「え、は、はい？」

驚いて戸惑いながら返事をするあやねに、太白は勢い込むようにいった。

「松島と違って、秋保温泉行きは確実に仕事です。しかし、昼の会食後は自由時間を取り付けますので、観光をご一緒していただけませんか」

「え、ええ、はい。喜んで」

「観光の際には、間違いなくふたりきりになれます。ですから、そのときに」

耳を赤く染め、太白は必死の面持ちで告げた。

「……大切な話を、させていただきますので」

それでは、と太白は深々と頭を下げ、くるりと勢いよく背を向けて自室へと歩いていく。あやねはぽかんとしながら閉まるドアを見守った。

「大事な……って、お父さまの話ではなく？」

意図がわからずあやねは首を傾げる。それでも太白とふたりきりで観光、という言葉に期待がつのり、胸のうちは少し軽くなる。

だが、あやねは知るよしもなかった。

期待とは裏腹の展開が、秋保温泉で待っていることを。

◆

秋保温泉――仙台の奥座敷《ざしき》、奥州三名湯に数えられる名取川《なとりがわ》沿いの温泉地。

仙台駅より車で約四十分ほどという場所にありながら、都市部とは一変して緑豊かな風景が広がっている。

名瀑《めいばく》と呼ばれる秋保大滝《あきうおおたき》や奇岩で有名な磊々峡《らいらいきょう》などの見どころを抱え、名取川の渓谷の四季折々の移り変わりも美しく、毎年多くの人々が訪れる観光地である。

「仙台市内とは、風景ががらっと変わりますね」

太白の運転する車のなかから外を眺め、あやねはつぶやく。ガラス越しに見える晩秋の紅葉は、まるで艶《あで》やかな着物を広げたようで、目を楽しませてくれる。

あやねは太白に目を移した。行き先を見据える彼の横顔は、凛々《りり》しくて美しい。

「九月にも一度、仕事で訪れましたけれど、暑さで景色を堪能できなかったので」

「いや、あのときは……お恥ずかしい」

ステアリングを握る太白は、申し訳なさそうに答える。九月に仕事で訪れ、磊々峡を少しばかり見て回ったのだが、暑さで太白がダウンしてしまったのだ。

「いいんですよ。慣れてます」

「……ますます、面目ない」

「えっ、あのっ、ほんと気にしてませんから。太白さん、前見て、前！」

うなだれる太白をあわててあやねはなだめる。

「観光ってどちらですか。十一月も半ば過ぎですから上着を用意してきました」

「さすがあやねさんは準備がいい。今日はちゃんと磊々峡をご案内しますので。見納めの紅葉で、散策もいいかと」

あやねは嬉しくなった。仕事に心行くまで打ち込めるのもいいが、太白と落ち着いた時間をともに過ごせるのもいまは間違いなく喜びだった。

（やっぱり、このままがいい）

波風を立てず、契約のことにも触れずに。胸の内で、あやねは思う。

車は、紅葉する木々に縁取られる名取川沿いの道路を進む。やがて道が開け、磊々峡にかかる「覗橋《のぞきばし》」に差し掛かった。ここも秋保温泉の観光スポットのひとつだ。

（そうそう、ここで太白さん、熱中症で完全にダウンしたんだっけ）

橋の欄干を眺めながら、あやねはこっそりとほほ笑んだ。みなの前ではいつも冷静な彼が、あやねだけに見せる弱った姿は可愛いと思ってしまう。

車は川沿いの木立のなかを進み、その先の整備された駐車場に停車した。

「着きました。ここが、招待された今日の宿です」

あやねはドアを開けて降り立つと、思わず声を上げた。

「わあ……素敵です」

紅葉に囲まれて立つのは、和風建築の屋敷。

シックな蠟色《ろいろ》の屋根とクリーム色の壁、古風ながらどこかモダンな佇《たたず》まい。軒先は低く、落ち着きと高級感のある建物だ。この構えなら、一泊の価格帯はかなり上。青葉グランドホテルと同じく、客層を選ぶタイプの旅館に違いない。

二つ口旅館は老舗と聞いていたが、かなりの高級旅館のようだ。

「ようこそお越しくださいました、高階さま」

玄関口から黒いスーツ姿の男女が現れて、あやねたちに礼をした。どちらも長い髪を後ろで束ねており、どうやら二つ口の従業員らしい。

「このたびはご令嬢のご結婚、おめでとうございます」「おめでとうございます」

「お祝いのお言葉、痛み入ります。高階さま」

太白とあやねの祝いの言葉に、男女は頭を下げる。丁寧なあいさつだが、どうも表情に乏しい。一族の令嬢の結婚というのに、喜びもよく見えない。

ふと、あやねはぞっと体が震えた。東京での襲撃を思い出してしまったのだ。

あやねを取り囲む、黒いスーツで長い髪を束ねた、男女の区別なく似たような雰囲気をしたものたちを……。

「どうしました、あやねさん」

「い、いえ。なんでもないです。すみません」

青ざめるあやねに気づいて声をかける太白に、あやねは首を振る。

「ただいまお部屋にご案内いたします」「お荷物は、わたくしが」

「ありがとう、頼みます」

スタッフが太白から車のキーを受け取り、荷物を出そうとトランクを開ける。

「わ、わぁっ⁉」

とたん、スタッフは飛びのいた。振り向いたあやねは両手を口に当てる。

「お、お大師さま？　小泉さん⁉」

なんとトランクのなかから、水干姿の少年と三毛猫がそろって顔を出したのだ。

「ああ、苦しかったである。ここが秋保温泉であるか」「近くてよかったですにゃ。何時間もこんな狭苦しいところ入ってられないですにゃ」

「いったい、いつの間に……」

呆然とする太白の前に、小泉さんとお大師さまはぴょんと飛び降りる。

「青葉のスタッフに荷物を積ませたであろう。その隙に乗ったのである」

「小泉は気配を隠すのにがんばったんですにゃ！」

「あの、こちらは……ご同行者さまでいらっしゃいますか」

スタッフが戸惑いもあからさまに訊いてきた。太白とあやねは顔を見合わせる。

「どうしましょう、太白さん。桃生さんをお呼びしてお帰ししますか」

「招待されたのは僕たちだけですからね」

「あやね、太白」

小泉さんがたたっと駆け寄り、ひょいとあやねの腕に飛び乗ってささやいた。

「どうも心配ですにゃ。護衛もなしであやねの身になにかあったら大変ですにゃ」

「でも、太白さんがいてくれますし、招待されたのはわたしたちだけで」

「あやねは甘いですにゃ。用心に越したことはないんですにゃ」

「……そうですね、いてもらいましょう」

「えっ、太白さん？」

あやねは驚くが、太白はスタッフに会釈して告げた。

「申し訳ない。邪魔にはならないので、彼らの同行をお許し願いたいのですが」

「それは……わたくしどもでは判断いたしかねますので」

「お嬢様に確認いたします。まずは、どうぞなかへ」

「よろしく頼みます」

太白はそういうと、あやねたちに「行きましょう」とうながす。お大師さまがあやねの横で嬉しそうにくるくると辺りを見回した。

「秋保の地は初めてなのである！　見どころはどこであるか」

「荷物を置いてごあいさつしたら、折を見て観光に行きましょうか」

お大師さまに答えて、あやねは前を歩く太白の背中を見やる。

(太白さん、どういうつもりなのかな)

先ほどスタッフを目にしたときのぞっとする感覚を思い返せば、小泉さんやお大師さまがいてくれるのは心強い。でも、ふたりきりで観光っていったのにな……と心ひそかに残念な気持ちになる。

太白のあとに続いて歩きながら、あやねはふと、自分の常日頃の観察眼や勘の鋭さが鈍った気がした。それはいったい、なぜだろう。

……目の前の関係から、目を背けているから、だろうか。

◆

あやねたちが通されたのは、旅館の離れだった。

離れといっても、それだけでお屋敷といえる広さ。寝室、和室、自然豊かな庭を臨めるテラス、暖炉付きのモダンなリビングまで備えている。

「あやね、あやね！　なんと露天風呂であるぞ！」

お大師さまが大はしゃぎでリビングの大窓を開け、ウッドデッキ付きの露天風呂へ飛び出していく。露天風呂を囲む紅葉を透かして見えるのは、名取川の渓谷。ゆったり浸《つ》かりながら絶景を拝めるのは、めったに味わえない贅沢《ぜいたく》だ。

しかし、せっかくの景観を楽しめるだろうか。小泉さんたちは、夫婦水入らずで入れと勧めるだろうが、できるわけがない。といって拒めば怪しまれてしまう。

「わたしたち……内風呂に入るしか、ないですね」

「なさそう、ですね」

同じことを考えていたらしい太白と、あやねはこっそり困った顔を見合わせる。

そのとき、リビングの内線電話が鳴った。「わたしが出ます」とあやねが受話器を取ると、スタッフらしい男性の声が聞こえてきた。

『失礼いたします。当家の白糸《しらいと》がおふたりにごあいさつにうかがいたいと』

白糸？　と一瞬戸惑ったが、おそらく二つ口家の令嬢だと素早く察する。

「ご丁寧にありがとうございます。お待ちしております」

受話器を置いて、あやねは太白を振り返る。

「白糸さん……こちらのご令嬢ですよね。ごあいさつにいらっしゃるそうです」

「了解です。あまり緊張しなくても大丈夫ですよ。二つ口家の令嬢は堅苦しい礼儀を嫌う方ですから」

啓明の引退パーティでも見ていたが、太白と令嬢は顔見知りのようだ。小泉さんとお大師さまがウッドデッキにいるのを確認してから、あやねは尋ねてみる。

「太白さん、こちらのご令嬢と縁談の話は出なかったんですか。秋保の高級旅館経営で妖かしなら、条件は充分だと思いますけれど」

「もちろん出ましたが、断りました」

太白は苦笑して答える。

「二つ口家の経営が危ういのは聞き及んでいました。縁談を受けても高階の発展は望めないうえに、向こうは最大限こちらを利用しようとしてきたでしょう。それは僕自身だけでなく、高階の家にとっても歓迎できない話です」

「……そう、ですよね」

納得のいく答えだが、あまりにビジネスライクで、あやねは胸が重くなる。

やはり太白にとって第一なのは〝高階家の次期頭領〟という立場なのだ。もしも、あやねとのあいだになんらかの想いが生まれても、太白は個人的な想いより、高階の家のほうを取るだろう。

何度突き付けられても胸が苦しくなる現実に、あやねはこっそり息を吐く。

（やめよう。これが契約で、一時の関係でもいいって決めたのは自分なんだから）

あやねの物想いを、リビングの戸口から響く呼び鈴の音が破る。

「どうぞ、鍵は開いています」

太白が答えると、スーツ姿のスタッフがドアを開けて一礼し、脇に一歩引いた。その後ろから、黒いパンツスーツで堂々とした長身の長髪女性が現れる。

「おう、失礼するぜ。よく来てくれたな」

女性とは思えない、低いがらがら声で彼女はあいさつした。啓明の引退パーティで会った二つ口家の令嬢——二つ口白糸だ。彼女が戸口の外へあごをしゃくると、スタッフは一礼して退出する。三人きりになったあと、太白が一歩進み出た。

「このたびは、ご結婚おめでとう。相手は塩釜《しおがま》の海の神霊だとか。二つ口家のますますの発展を期待しています」

「おめでとうございます。立会人の務め、精一杯尽くさせていただきます」

顔見知りらしい太白は気さくに声をかけ、あやねはその隣で頭を下げる。白糸は苦笑してふたりに手を振った。

「よせよ、べつにめでたくもない。色々と事情があるんだ」

「色々と事情……？」

太白とあやねがいぶかしげに訊き返すと、白糸は居住まいを正した。

「まずは、先の二つ口家内紛騒動の際には、あやねどのには多大な迷惑をかけた。改めてお詫《わ》びする。身内の暴走を把握せず、抑えきれなかったわたしの責任だ」

白糸はあやねに向かって深々と頭を下げると、次に太白へ頭を下げる。

「一族ごと処分され、存在を消されるような憂き目にあってもおかしくなかったのに、関与したものたちの妖力封印と追放という寛大な処分で済ませてくれた高階の頭領にも、詫びとともに礼を申し上げる」

「必要な処罰を行ったまでのこと。これ以上の礼も詫びも要りません」

太白は慇懃《いんぎん》に答える。

「それに、まだ僕は頭領ではありませんから」

「無事に百鬼夜行祭を収めておいてなにをいいやがる」

「あれを無事といっていいものか」

太白と白糸は笑い合う。気安い雰囲気に、あやねは少しうらやましくなった。

利害を考えて、太白は白糸との縁談を断ったといったけれど、妖かしであり同業者でもあり、気も合いそうな白糸なら、充分以上に釣り合う相手だ。

とはいえ、彼女はもう結婚する身なのだが。

「それで、式直前のあわただしいときに訪ねてきた理由はなんです。あいさつだけではないでしょう」

「さすがにおまえは鋭いな。実は……折り入って内密な相談があるんだよ」

「といっても、昼食も夕食もこちらの身内が一緒だ。いまも外で一族のものが控えている。明日のために分刻みで次の予定が入っているんでな。そこでだ」

白糸はあやねに目を移す。

「夫婦水入らずに悪いが、夕食前にあやねどのとふたりきりで話がしたい」

「わたしとですか？　いったい、なんのお話でしょう」

「内密？」

あやねは驚きの声を上げた。ホテルやパーティ業務の相談ならいいが、妖かしには疎い。もしもビジネスの話でない場合、役に立てるだろうか。

「たいそう有能だっていうじゃないか。百鬼夜行祭でも、あやねどのの機転と観察眼で大事には至らなかったんだろ」

「いえ、太白さんのお力ですので。お褒めに預かって恐縮です」

「そうです。彼女は僕にとって、すでになくてはならないパートナーで」

あやねの謙遜と太白の賞賛が重なって、白糸が「ははは」と笑い声を上げる。

「つくづく仲がいいな、うらやましいぜ。そこまで太白に信頼が置かれているなら、わたしも信頼できる。こちらの相談を聞いて、太白にも伝えてほしい」

「白糸さま、お時間です」

外から控えめなスタッフの呼びかけが聞こえた。白糸は振り返って大声で「わかった。いま行くって」と返す。太白がその横顔に尋ねた。

「しかし、あやねさんとふたりきりで話とは。なぜ僕が一緒ではいけないのです」

「内密な話をする場所が場所だからさ」

聞きとがめる太白へ、白糸は意味ありげに笑った。

「本館の五階、女性専用天空露天風呂。人払いをするので、そこで話がしたい」

◆

「白糸さんの相談ってなんだと思いますか、太白さん」

ランチ後、あやねと太白は連れ立って観光に出た。

行き先は、観光案内所である秋保・里センター。大型マップとディスプレイでの見どころスポット紹介、工芸品展示や足湯、秋保の食材を使ったメニューがあるカフェにバスの待合所まで、秋保の観光の拠点にはうってつけだ。

センターの裏手からは、名取川沿いを散策できる遊歩道『もみじのこみち』に降りられる。ふたりは、その『もみじのこみち』へやってきたのだ。

秋深まる十一月の秋保は、やはり底冷えがした。

センターの駐車場を歩くあやねは、訪問着の肩に防寒用のショール、太白もスーツにシックな秋のコート姿だ。スマートなスタイルの太白は一段と格好よく、すれ違う観光客が何人も振り返る。

「二つ口家の経営状態とも考えられますが、内密というのが気にかかります」

向けられる視線を気にもとめず、太白があやねに答える。

「あやねさんを通して僕と相談事を共有してほしいなら、深刻な問題かもしれない。ああ、足元に気を付けて。落ち葉で滑りやすくなっています。よければ、どうぞ」

遊歩道に降りる階段の手前で、太白が手を差し伸べる。こういうさりげない優しさが、いつも本当に上手いなと思いながら、あやねはそっと手を重ねた。

「ありがとうございます。以前にきたときとは違う道ですよね、こちらは」

「ええ。また違った趣があるはずです」

ふたりは落ち葉積もる階段を降りていく。渓谷を削るように作られた階段は幅が狭くて着物では歩きにくい。太白の手を借りて、あやねは慎重に歩む。

「夕方には白糸さんのお相手のご親族も交えた会食がありますけれど、相談はその前……ということは、お相手についてのことかも」

「確かに、あり得ます。それにしても、あやねさんと離れるのは気が進みません。解決はしたものの、あの襲撃のことを思い返せば、警戒すべきかと」

懸念もあらわに眉をひそめる太白に、なだめるようにあやねはいった。

「大丈夫ですよ。白糸さん、わざわざお詫びしにいらしてくださったでしょう」

「彼女自身に敵意はないでしょう。粗雑に見えますが、一族を守るために不用意な真似をするような愚かな方ではない」

相手をよく知るような言葉に、あやねは羨ましさで胸がちりりと痛んだ。

（やだな、こういう気持ち。よくない感情だ）

しかし、その言葉を打ち消すように太白がいった。

「ですが、襲撃で罰せられたものの身内には、遺恨が残っているかもしれない。白糸さんが彼らを抑えられるかどうか。抑えられなかったからこそ、あやねさん襲撃の結果につながったのですから」

太白の懸念が身に染みて理解できて、あやねは目を落とす。

「……小泉さんやお大師さまがきてくれて、よかったかもしれませんね」

「ええ、イレギュラーな要素があるほうがいい。念のため、あやねさんが白糸さんとの相談のあいだ、小泉さんたちに近くに控えていてもらいます」

その小泉さんとお大師さまは、里センターの駐車場に停《と》めた車のなかで待機中。太白がどうしてもあやねとふたりきりで話したいといったためだ。

盛大なブーイングで見送りつつ、彼らは大人しく……かどうかはわからないが、少なくとも素直に車に留《とど》まってくれた。

ふと言葉が途切れ、ふたりは無言で階段を降りていく。足元は落ち葉散り敷く砂利道。枯葉を踏みしめる音が響く。

やがて、名取川を見下ろせる場所へと降り立った。

「わあ……」

あやねは思わず声を上げる。

磊々峡の眺めは、素晴らしかった。〝渓谷美〟の言葉どおり、名取川の流れに深く削られた鋭い岩肌は峻厳《しゅんげん》とした趣があり、眺めるだけで圧倒された。

緑に苔《こけ》むした岩々のあいだを清流が流れ、その上に旬も終わりの紅葉が降りかかる。黄色と紅に彩られた水面は、まさに和歌の世界。

川べりの落葉はだいぶ進み、車から見たときより梢《こずえ》は暗く沈んでいたけれど、その分、青い水面に紅葉が映えて美しい。深く美しい渓谷は見とれていると引き込まれそうで、あやねは手すりを握り慎重にのぞき込む。

「けっこう高くて怖いですね。でも、風情のある眺めです」

「この時期、夜間にはライトアップされてまた違った趣があります」

「太白さんは行かれたことがあるんですか」

「ええ。過去に一度だけ」

どなたと？　と訊こうとしてあやねはやめる。なんとなく、相手は白糸ではないかという気がした。女性関係には奥手な太白だけれど、自分からアプローチしないだけで、実はかなりモテていたはずだ。松島の件でもよくわかる。

（太白さんにその気がないから、白糸さんもべつの方を選んだのかな）

もし二つ口旅館の経営が上手くいっていれば、太白もよく見知った相手である白糸との縁談を進めたかもしれない……。

「白糸さんのお相手、〝甚兵衛《じんべえ》〟さまとおっしゃるんでしたっけ」

もやもやする気持ちを切り替えるために、あやねは話題を変えた。

「お相手は会食でご紹介いただけるんですよね。お名前と、塩釜の神霊だとしかうかがっていなくて。どんな方なんでしょう」

「僕もよく知らないのです。名は聞こえていましたが、伝承の存在だとばかり。塩釜に生息する魚たち、引いては漁業の守り神ともいわれた神霊なのですが」

「太白さんもご存じないなんて、隠遁《いんとん》されていたとか？」

「ええ、ずっと隠れて過ごしておられたそうです。人間たちの信仰が薄れ、霊力が衰えてしまったからだと聞いていますが」

「そういう方と二つ口旅館グループは、なぜ縁組をなさったんでしょう」

あやねは考え込み、太白に尋ねる。

「山と海で、距離もあります。二つ口旅館は青葉グランドホテルグループの指導で経営を持ち直そうとしていますけれど、経営難には変わりありませんし」

「権威付けがひとつの理由かもしれません。神霊は人間の信仰を集めているために、妖かしよりは上位に見られますから。……しかし」

太白はふと苦笑した。

「せっかくふたりきりで観光にきたのに、僕らはすぐ仕事の話をしてしまいますね」

「あ……そうですよね。すみません」

「いや、秋保にきたのは仕事絡みですからそれも当然です。ただ、その」

太白はいいよどむ。あやねが首を傾げて見上げると、彼は目をそらした。

「実は、ですね。ここへふたりきりで訪れたいと小泉さんやお大師さまたちの同行を断ったのは、あやねさんにお話ししたいことがあったからです」

「なんでしょう、仕事のお話ではなく？」

「違います。ええと、あやねさんは、その……ですね、あの……つまり」

いいよどんでから、太白は大きく深呼吸すると、思い切ったように告げた。

「僕と――籍を入れるつもりは、ありませんか」

「……え？」

いわれたことがとっさに理解できなかった。太白を見返すと、彼は目をそらしている。恥ずかしいのか、それともべつの意図があるのか、あやねにはわからない。

「入籍……ですか。で、でも、契約では事実婚でと」

「それを見直そうかと、考えています」

「見直すって、えっと、なぜです？　事実婚ではなにか不都合が？」

太白の意図がわからず、あやねはうろたえる。だって、太白に有利な縁談が見つかるまでの契約のはずなのに。

太白は困惑するあやねに目を合わせず、深い渓谷を見下ろしながら答える。

「その、これまで、何度も事実婚ということで疑われてきました。ですので、思い切って籍を入れるのもいいかと」

「疑惑を招かないためだけに籍を？　それは……少し、不合理に思いますけれど」

「しかし、なにかにつけて関係を疑われるのは、仕事を進める上で支障が出る。我々にとって不利益になりかねません」

「それは、一理はあります……けれど」

どうも要領を得ない太白に、あやねは疑念にかられてしまう。

ふだんなら彼を疑うなんてあり得ないし、この話も素直に聞けただろう。だが、昨夜の知り合いからの連絡、そして先ほど聞いた太白の言葉。

〝二つ口家の経営が危ういのは聞き及んでいました……〟

白糸とは気も合うようだったのに、太白は家業の利益を重視した。この契約結婚も高階家と青葉グランドホテルのためだった。つまり、彼は情よりビジネスと家名を重んじているのだ。むろん、それを承知の上で、あやねは契約した。

それでも、心のどこかで〝冷たい〟と思ってしまう。

あやねが押し黙っていると、太白がさらにいった。

「藤田さんの件もあります。事実婚ではなく、やはり正式に入籍を」

「え、待ってください、なぜそこに藤田さんが？」

太白の言葉はますますあやねを混乱させる。

「藤田さんは関係ないと思いますけれど」

「関係あります。事実婚を盾に、彼があやねさんにどれだけ無礼な真似をしているか、わかっていないのですか。強引に迫って、心変わりをさせるかもしれない。現にあなたに何度も個人的な連絡を送っている」

「そんな……わたしはきちんと、迷惑だってお断りしています」

疑うようなことをいわれて、あやねはむっとなる。

「太白さんは、わたしのことを信じてくださらないんですか」

「あやねさんを信用するしないの話ではない。彼の強引さの問題です」

「心変わりというなら、わたしの意志の問題じゃないですか」

ふたりの言葉は果てしなくすれ違っていく。せっかくの美しい眺めのもとでいさかいを起こすのは、あやねも不本意だった。だから務めて冷静にいい返す。

「確かに事実婚で疑われているのは事実ですけど、その都度きちんと否定していけばいい話です。わたしの心変わりを心配するより、ずっと建設的です」

「それは……つまり、あやねさんは事実婚で充分との考えですか。将来的にその意向が変わる可能性は皆無なのですか」

「疑われるのが不都合というだけで入籍するのは、納得できません。太白さんが契約解除を望んだとき、面倒が増えるだけです」

感情に理を乗せて、あやねはきちんと異を唱えていく。

「それに契約の前提を考えるなら、わたしが改姓するのでしょうけれど、花籠の姓を変えるのは仕事上で不利です。正直、気が進みません」

うぐぐ、と太白は言葉を呑む。あやねはさらに問いかける。

「わたしの意志より、どうしていまさら入籍にこだわるんですか。最初の取り決めで事実婚を提案したのは太白さんですけれど」

「僕が……僕がいいたいのは、要するに、その」

日頃のスマートさはどこへやら、太白はしどろもどろになる。

あやねが見ると、彼は耳たぶまで真っ赤になっていた。

「太白さん？　あの、どうなさったんですか？」

いぶかしげにあやねが呼びかけたとき、

「あやねさん！」

「は、はい⁉」

「あの、ですね。僕と……」

いきなり太白は向き直ると、驚くあやねに切羽詰まった面持ちで告げた。

「僕と、名実ともに、夫婦になりませんか」

◆

「本館にて、お嬢様がお待ちでございます」

夕方の、午後五時のこと。離れまで呼びにきた黒スーツの女性スタッフは、出迎えたあやねたちに慇懃な口調でおじぎをした。

「お支度がお済みでしたら、ご案内させていただきます」

「あ、ええと、はい。太白さん、それでは行ってまいりますので」

「え、ああ、そうですね。どうぞ、お気をつけて」

まるで取引先相手にするような堅苦しくぎこちないあいさつをして、あやねと太白は深々とお辞儀する。小泉さんとお大師さまが、そろって不審そうに見上げた。

「なーんかいつもよりさらに他人行儀ですにゃあ。なにかあったんですかにゃ？」

「うむ、『もみじのこみち』より戻って以降、どちらもおかしいのである」

「き、気のせいですよ、おふたりとも」

「あやねさんのいうとおりです。それより、小泉さん、お大師さま」

「わかってますにゃ。小泉に任せるですにゃ」

「猫ちゃんより、我のほうが役に立つであるぞ」

着替えの入ったバスケットをスタッフが受け取る。あやねが旅館のサンダルを履いてあとについていくと、小泉さんもドアの陰に隠れてするりと外へ出た。お大師さまは一拍遅れてついてくるらしい。

「本館へはこちらの渡り廊下よりまいります」

スタッフのガイドにも生返事で、あやねはぼんやりと歩を進める。

『もみじのこみち』での、驚きの告白。かろうじて「考えさせてください」と返事をしたのは覚えている。あまりに突然で、そう答えるのが精一杯だった。

「こちらが当館名物のひとつの中庭でございます」

ぼーっと歩いていると、スタッフの声がした。

「池泉庭園として、秋保でもっとも大きな庭園でございます。名取川の渓谷に見立てまして、秋保石を使用した滝が……どうされました?」

「え?　い、いえ、なんでもありません。あの、とても素晴らしいお庭ですね」

あわてて我に返って、あやねは返事をする。

スタッフのいうとおり、深い木々に囲まれた緑の池と、切り立つ白い岩で形作られた滝の調和は見事だった。

夕暮れの闇に包まれた庭はライトアップされ、光があるおかげで生まれる陰影が、幽玄の美を感じさせてくれる。

ふだんならしばし見入ったはずの光景だった。けれど気づくと太白の告白のことを考えて上の空。これでは白糸の相談をちゃんと聞けるのか不安になる。

(誰かの相談に乗るより、わたしのほうが相談したいのになあ)

それが無理なのは百も承知だ。契約結婚という事実を打ち明けなくてはならないのだから。そして太白にも頼れない。自分の気持ちの問題だから。

わたし、太白さんとどうなりたいのかな……と、あやねは自分に問いかける。けれど、考えても考えても、すぐに答えは出ない。

なぜなら、逃げているからだ。太白と、自分の気持ちを見据えることに。

太白を信頼しているし、大事にされているとも感じる。けれど、なぜ〝名実ともに夫婦〟になりたいかの気持ちが見えない。だから不安なのだ。晴永への警戒も、嫉妬だとかの感情の前に、仕事への支障を懸念しているように思えてくる。

それに、太白への〝想い〟を自覚したら意識してしまう。関係が変わること、契約が終わること、失望してしまうことを、いっそう怯《おび》えるようになる。

——だって、太白が大事なのは、高階の家と稼業なのだもの。

（やだなあ、もう！　わたしってこんなに後ろ向きな性格だったっけ？）

自分で自分に腹を立てていると、いつの間にか渡り廊下から本館に入っていた。

和風建築の本館は、美しく磨かれたヒノキの廊下と高い天井に、木材をふんだんに使い、各所に木彫りの意匠をこらした、いかにも高級旅館といった風情だ。

さすがに感嘆して見回すあやねを、案内のスタッフが先導して、くねくねと曲がる廊下をたどる。柱の合間の大きな窓からライトアップされた中庭が見えて、眺めも良ければ閉塞感もなくて素晴らしい。

やがてエレベーターホールへと出た。そこにはふたりの女性スタッフが待機しており、やってきたあやねに丁寧に頭を下げる。

「お待ちしておりました、花籠さま。ようこそおいでくださいました」

「花籠さまを天空風呂へお送りしたあとは誰も入れないように、わたくしどもが入口で見張りをと、白糸より申しつかっております」

「そうなんですか……よほど内密で大事なお話なのですね」

「ええ。ですが、わたくしどももくわしくは聞いておりませんので」

ちらとあやねは後ろを振り返るが、小泉さんやお大師さまの姿は見えない。どうぞ、とスタッフに促され、あやねは不安を抱きつつもエレベーターに乗り込む。

上昇する箱のなかで三人のスタッフに囲まれると、東京での襲撃でもエレベーターで連れていかれたのが思い出された。あやねは心細さが一気に募る。

「どうぞ、こちらが天空風呂となります」

最上階である五階について降り立つと、広めの待合室があり、その奥に大きな赤いのれんがかかる入口があった。

「それでは、いってらっしゃいませ。お嬢さまはすでになかでお待ちです。夕食は十八時半より、一階の『紅葉の間』でございます。あまり遅くなりませんよう」

案内のスタッフが着替えの入ったバスケットをあやねに渡すと、ほかのスタッフとそろって深々とお辞儀をする。あやねは会釈してのれんをくぐった。

浴場へ続く赤い絨毯が敷かれた廊下は、思ったより狭い。人間ふたりがすれ違えるくらいだ。客を選びそうな高級旅館のうえ、女性専用だから、多くのひとが入る場所ではないのだろう。

奥の格子戸をからりと開けると、そこは洋風の造りの、大きな鏡と様々なアメニティがそろったドレッサーが並ぶ脱衣所。黒が効いた内装で意外にモダンだ。

サンダルを脱ぎ、あやねはきょろきょろと脱衣所を見回す。白糸はすでに浴場へ入っているのかほかにひと気はなく、あやねはひとりきり。

「よく知らないひととふたりだけでお風呂って、なんだか緊張しちゃうな」

はあ、と吐息すると、脱衣かごの並ぶ棚の前であやねは服を脱ぐ。用意されていた湯浴《ゆあ》み着に着替え、浴場へ入るガラス張りの扉の前に立つと、深呼吸してあやねは扉を開ける。

ヒノキ造りらしい豪勢な内風呂からさらに奥の戸を開けると、灯りに照らされた石畳の庭のような場所に出た。頭上には庇《ひさし》があるがすでに屋外。すっかり日が落ち、空は藍色を深めつつある。夜がふければ満天の星が拝めるはずだ。

といっても十一月の夜気は冷たい。石畳を踏み、あやねは身を縮めて進む。行く手の庭の端には、木造りの大きな円形の湯船があった。

しかし、不思議なことに人影はない。

「あの、白糸さん……花籠です。どちらにいらっしゃいますか」

呼びかけてみるが返事はない。なかで待っていると聞いたのに、白糸はいったいどこにいるのだろう、と見回して目をこらしたとき、

「ひっ！」

あやねは悲鳴を上げて後ずさる。

なんと、露天風呂の湯船には――うつ伏せになった女性が、浮かんでいたのだ。

2　木に縁りて魚を求む

湯けむり殺人事件～奥州名湯露天風呂に浮かぶ美人女将《おかみ》の謎！

などというサブタイトルがよぎる光景だったが、もちろんあやねにはそんなことを考えられる余裕はない。

湯船に浮かぶ人物の顔はうつ伏せでわからなかった。しかし、大柄な体と、お湯に広がる長い黒髪は、どう見ても白糸だ。

「し、白糸、さん……？」

あやねは震える声で呼びかける。けれど相手はぴくりとも動かない。恐る恐るあやねは、淡い照明の下で目をこらす。

「ひええっ」

とたん、あやねは悲鳴を上げてへたり込んだ。

なんと白糸の後頭部は、血まみれだった。これは、まさか――死んでいる!?

「ど、どうし、どうしよう。だ、誰か、誰か、助け……」

あやねが震えながら、か細い声をもらしたときだった。

「うおおおおっ！」

「きゃあああああっ！」

いきなり死んでいたはずの白糸がざばんと湯を跳ね上げて立ち上がり、あやねは大きな悲鳴を上げてしまった。

「くそ、さすがに溺れるだろうが……ああ、あやねどの、すまん」

「し、白糸さん？　だっ、だい、大丈夫ですか⁉」

ふらつきながら立ち上がる白糸に、あやねは必死に心を奮い立たせて近寄る。といっても腰が抜けているので四《よ》つん這《ば》いという間抜けさだったけれど。

「ああ、たぶん、大丈夫だ……くっ」

「あ、あの、出血がひどいです。湯に入ったままだとさらに流血してしまうかと。外に出られますか、わたしの肩につかまってください」

おろおろしながら、あやねは白糸に手を貸す。大柄な彼女の体は重くて、力任せに引き上げた勢いで、ふたりは床に倒れてしまう。

肩を貸して、なんとか脱衣所まで連れてくると白糸をソファに座らせて、彼女の着替えの入った脱衣かごからバスタオルとバスローブを取ってきて羽織らせた。

「すぐに助けを呼びに行ってきます。あの、これを頭に当てていてください」

白糸に手ぬぐいを渡し、あやねはあたふたとバスローブに着替え、濡れて乱れた髪もそのままに廊下へ飛び出して走る。

バスローブで人前に出るのはマナー違反だが、そんなことをいっている場合ではない。サンダルが脱げそうになるのもかまわず、待合室へ転がるように駆け込んだ。

「誰か、誰かきてください！　大変なんです、浴場で……」

「うわあっ⁉」「ど、どうされました、花籠さま！」

入口で見張っていた女性スタッフふたりが驚いて駆け寄る。

「へ？　どうした……って」

戸惑いながらあやねが自分の体を見回すと、バスローブはところどころ紅《あか》く染まっている。ろくに体も拭かずに着たため白糸の血がついてしまったらしい。

「どこかお怪我を？　もしや白糸さまとなにか⁉」「すぐにお手当てを！」

「い、いいえ、わたしではなくて、その白糸さんが」

というあやねの言葉をさえぎって、

「にゃーっ！」「あやねえええっ！」

いきなり頭上の通風孔を破って小泉さんともふもふの狸が降ってきて、あやねやスタッフたちは「きゃあっ」「わああっ」と悲鳴を上げる。

「あやねに、いったいにゃにをしたですかにゃ、二つ口！」

「おお、おお、あやね！　大丈夫であるか」

小泉さんは尻尾を逆立て、狸は短い脚で懸命にあやねに駆け寄る。

「古狸、いますぐ太白に知らせるですにゃっ」

「うむ、我に任せるのである」

「ま、待ってください、お大師さま!?　ここ五階です！」

しかしあやねが止める間もなく、狸ことお大師さまは待合室の窓を開け、暗い外へ飛び降りる。あわててあやねも駆け寄って見下ろすが、すでにどこにも姿はない。そのあいだにも、小泉さんが二つ口のスタッフに食ってかかる。

「あやねに危害を加えるとは、不届き千万。覚悟するですにゃ！」

「わ、我らはなにも」「そうです、花籠さまに危害など」

「落ち着いてください、小泉さん」

急いであやねは彼らのあいだに割って入る。

「わたしはなんともありません。そうでなくて白糸さんが……」

そのときだった。

「……貴様ら」

窓から、低い声が響いてきた。びくりとして一同が振り返り、目にしたのは――。

「あやねさんに……なにを、した」

「きゃああ！」「ひえええっ！」「た、太白!?」「太白さんっ!?」

窓の外の暗闇から現れたのは、太白。

つかんだ窓枠をぎしりときしませ、鬼気迫る表情で彼は待合室に乗り込んでくる。

鬼の姿には変化していないが、それでも立ち上るオーラは恐ろしい。

「あやねさんに傷ひとつでもつけようものなら、もう容赦はしない。高階の全力をもって、二つ口家の傍流に至るまでその血を絶やしてくれる」

スタッフは抱き合ってへたり込み、あやねと小泉さんはそろって呆然。

いくら他に類を見ないほどのイケメンでも、暗い窓から入ってきたらただのホラーなんだな……とあやねは変なところで感心してしまう。

「いえ、そんなことより。違います、太白さん。わたしは無事です！」

あやねが急いで駆け寄って押しとどめると、太白は我に返った。

「どういうことです。いったい、なにが」

「白糸さんです。白糸さんが、大変なんです！」

それからなんとか誤解を解いて、怪我をした白糸を露天風呂より助け出すと、あやねたち一同は本館の一室へ彼女を運び込んだ。

襲撃犯の行方はわからない。旅館の敷地《しきち》は二つ口家のスタッフによって封鎖され、怪しい逃亡者がいないか近隣へ聞き込みにも行っているようだ。

白糸は手当てをされ、ベッドに寝かされている。広いリビングと大きなテラスに面した寝室があるこの座敷は、客室のひとつのようだ。

あやねと太白は白糸のもとに引き留められていた。おそらく事情を訊かれるために違いない。小泉さんとお大師さまも一緒である。

ベッドルームのソファに腰かけるあやねと太白たちを、二つ口のスタッフが取り囲むように立っていた。白糸襲撃犯はどこにひそんでいるかわからないから、護衛のためだろう。あるいは、第一発見者であるあやねを疑ってでもいるのか。

あやねが壁の時計を見上げ、十八時過ぎと確認したときだった。

『白糸どの、ご無事か』

部屋の外から、空気を震わせて太く重々しい声が響く。

『甚兵衛だ。白糸どのの容態は』

「おお、甚兵衛どの」

頭に包帯を巻いた白糸が身を起こすのを、スタッフが押しとどめる。

「白糸さま、起き上がってはいけません。出血するかもしれませんから」

「なにをいう。せっかく婿殿が見舞いにきてくれたんだぞ。襖《ふすま》を開けろ」

白糸が命じると、スタッフは仕方なしというように吐息して閉め切った襖へ歩み寄る。あやねはいささか緊張しながら見守った。

白糸の縁組相手。神霊というが、どういうお相手だろうか……。

襖が開けられた。だが、誰も入ってこない。あやねは眉を寄せて目をこらす。

「っ⁉」

とたん、驚いてあやねは口元に手を当てる。隣に腰かける太白は平然としていたが、あやねをかばうようにそっと前に身を乗り出す。

入ってこないのも道理。襖の向こうの暗いダイニングに立つのは、浴衣を着た巨漢。縦も横も大きすぎて、見えるのは帯を締めた大きな腹だけ。

こんな巨体で、どうやって館内をここまでやってこられたのか。

『高階の夫妻か。お初にお目にかかる。以後、よろしゅう』

声、というより脳内への語り掛けのような話し方で、甚兵衛があやねたちに自己紹介してきた。これも〝神霊〟ゆえの現象だろうか。

「甚兵衛どの、そこでは冷える。どうかなかへ」

白糸の言葉に、甚兵衛がうなずくように体を揺らした。この巨体でどうやってなかに？　無茶では？　とあやねが思った瞬間、ふっと甚兵衛の姿が消える。

白糸があごをしゃくると、スタッフが暗がりに出て、なにかを両手に捧《ささ》げて戻ってきた。見ると、それはなんと金魚鉢。なかには黒い小さな魚が一匹。

『甚兵衛だ。かような姿で失礼をばいたす』

「しゃ、しゃべった、魚が⁉」

あやねは驚いてつぶやいてしまって、急いで口をつぐむ。散々怪異を見てきていまさら驚くのもおかしいが、それでも意表を突かれてしまった。

「おまえたち、高階夫妻とわたしたちだけ残して下がれ。内密に相談がある」

金魚鉢がサイドテーブルに置かれると、白糸がスタッフに命じた。

「それはさすがに……白糸さまは怪我をしておられますし」

スタッフたちが不安そうに答える。

「万全の体調でない白糸さまから、我らが離れるわけにはまいりません」

「そうです、なにより花籠さまは怪我をした白糸さまの第一発見者です」

スタッフのひとりが、いささか棘《とげ》のある声でいった。

先ほどあやねを露天風呂まで案内した女性のようだ。とはいえ、二つ口のスタッフは男女とも似た雰囲気なのではっきりとはわからない。

「それがどうした。彼女はわたしを介抱してくれたんだぞ」

「いわんとすることは、おわかりでしょう」

さすがに名指しであやねが白糸を襲撃したとはいわない。しかし、気まずい空気はいやでも伝わってくる。

「……もしや、あやねさんを疑うというわけですか」

冷ややかな太白の声に、女性スタッフはびくりと凍り付く。

「そういうことではございません。ただ、懸念をお伝えしたく」

「高階は明日の祝言の主賓として、立会人としても招かれている」

太白の態度は目に見えて冷徹だ。その場のみなを、まなざしだけで凍り付かせている。白糸も、小泉さんやお大師さままで息を呑んで見つめている。

「客を危険にさらしただけでなく、あらぬ疑いをかけるつもりか。それは高階への侮辱と受け取ってもかまわないのだな」

ぞくり、とみなは体を震わせる。

「待って、太白さん。スタッフの皆さんがご心配するのも当然です」

はらはらしながら見守っていたあやねが、思わず口を挟む。

「だってあの場にはわたしと白糸さんだけでしたから、疑うのも仕方ないです」

「おまえたち、これ以上の無礼は許さんぞ」

弱々しい声ながら、白糸が厳しくいった。

「我らは一度、高階に寛大な処遇で許されたのを忘れたか。とにかく少しの時間でいい、話をさせてくれ」

「……白糸さまがそこまでおっしゃるなら」「ご気分が悪くなるようでしたら、すぐに我らをお呼びください」

重ねていわれ、不満げにスタッフたちは引き下がる。

「すまんが、そこの猫と狸もだ。四人だけで話がしたい」

「にゃーっ、小泉もですかにゃっ」「なんと、我もであるか」

小泉さんとお大師さまは声を上げるが、あやねがそっと会釈すると、不承不承スタッフたちのあとについて、ぽてぽて歩きながら部屋を出ていった。

「重ね重ねの身内の無礼、申し訳ない」

四人きりになると、白糸はまた頭を下げる。

「甚兵衛どのにもお見苦しいところを見せてしまったな」

『ひとも妖かしも、群れればもめごとが起きるは必然』

金魚鉢から泰然とした声が響いてくる。といっても相手は可愛い小魚なのだが。

「こちらこそ、少し強くいい過ぎてしまいました」

太白が打って変わって穏やかな口調で頭を下げる。あれで少し……？　とあやねは疑問に思うが口には出さないでおいた。

「なに、太白の立場なら当然だろ。頭領は舐められたらお終《しま》いだ。わたしはどうにも失敗しているがな」

ふん、と白糸は忌々しげに吐き捨てる。

「親父《おやじ》の妖力が弱って、なし崩しにわたしが頭領の役目を担うことになったから、馴《な》染《じ》めない古参も多数いる。そういう世代交代で起きるいざこざは二つ口家だけじゃない。宮城の妖かしの一族らに、似たようなケースが出てるらしいぜ」

「……祖父の引退が原因と？」

太白が指摘すると、白糸はうなずく。

「直接の関係があるかはわからんが、同時期に発生するなら考えられるだろ？」

「実は、そういう懸念は抱いていました。二つ口家の耳にも入っているなら、青葉に戻り次第、さらにくわしく調べてみることにします」

「そうしてくれ。ところで、早速だが本題に入らせてもらおうか。本来なら、これが露天風呂で話したいことだったんだけどよ。実は……だな、その……」

といったところで白糸はいいよどんだ。さっきまでのサバサバした感じがどこへやらというためらいぶりに、あやねは眉をひそめる。

「わたしと、甚兵衛どのはだな。ええと、上手くいえねえ！　つまりだ！」

『契約結婚をするのだ』

甚兵衛がさらりといった。

――ナンダッテ？

とっさにあやねと太白は反応できず、そろって硬直する。

『祝言は挙げるが、夫婦のふりをするのだ』

「ち、ちょっと、甚兵衛どの。そうストレートにいうやつがあるかよ」

平然と続ける甚兵衛を、あわてて白糸がたしなめる。

『すとれえとだろうがかーぶだろうが、みっとのど真ん中に届くが肝要だ』

「長く隠遁してたくせに野球は知ってんのかよ、ご老体」

『昨今はさっかあもたしなんでおる。むろん、観戦のほうだ』

「あの、え、ええっと」

いい合うふたりの合間に、あやねと太白のうろたえた声が挟まる。

「え、えと、契約……いま、け、け、契約結婚っておっしゃいました？」

「契約結婚……おふたりが、契約結婚を？　それは本当ですか？」

「な、なんだ、なんでそんなにふたりとも驚くんだよ。そりゃまあ、昨今でいう〝ふつう〟の縁組とは違うけどよ」

『〝ふつう〟など、世につれて変わるもの』

水のなかで甚兵衛は口をぱくぱくさせる。落ち着いた口調なのに金魚鉢にいるせいで、どう見てもただの可愛いお魚さんである。

『とはいえ、その尋常ならざるがゆえに二つ口家も余の眷属《けんぞく》も反発しておる』

「失礼ですが、契約結婚で夫婦の〝ふり〟ということは、ええと、つまり」

太白が尋ねる。冷静さを務めているのだろうが、動揺の色は隠せない。

「家同士の縁組や恋愛結婚ではなく、なにがしかの利害に絡む取り決めがあっての祝言なわけですね。それはいいとして、なぜ僕たちに……打ち明けるのです？」

「むろん、明日の祝儀の立会人だし、それに妖かしと人間という異種族の組み合わせは参考になるかもと思ってな。ああ、くれぐれもこの件は他言無用にしてくれよ。二つ口家でも数名の古株にしか知らせてねえんだ」

あやねと太白はこっそり目を見交わして、ほっと息をついた。自分たちの契約結婚がバレたわけではなさそうだ。

『異種族というが、神霊といえど妖かしとさして変わらぬぞ』

「当人はそのつもりでも、傍目《はため》からはそうは思われねえよ」

甚兵衛の言葉に、へへっ、と白糸は得意げに笑う。

「さっき利害に絡む取り決めといったな、太白。そのとおり、わたしは甚兵衛どのと取引をしている」

いまだ上手く呑み込めていないあやねと太白に、白糸は語る。

「二つ口グループの経営が上手くいってないのは知ってるだろ。太白の助言でリストラや売却を進めて、残っているのはこの旅館だけだが、それでやっと二つ口家は生き残った。けどよ、そういう弱みにつけ込む輩《やから》がいるんだよな」

はあ、と白糸は呆れたようなわざとらしい吐息をつく。

「最後に残ったこの旅館まで売却させようとしたり、わたしと縁組して二つ口家を吸収しようとしたり、さ。足元見られるにもほどがある」

そういえば、啓明の引退パーティで白糸は、二つ口家の窮状を救うためにほかの企業と取引をしようとしていた。

しかしリストラに反対する二つ口家のものに襲われて、邪魔されてしまったのだ。

「だいぶ落ちぶれちゃいるが、二つ口家をなくすわけにゃいかねえ。ってわけで、甚兵衛どのと縁組を決めたわけさ。神霊である甚兵衛どのに二つ口家の後ろ盾となっていただく。後ろ盾っつうか、ご威光を借りる、が正しいかな」

『そう、後ろ盾になれるほど、わしに大した力はない』

白糸の言葉を受けて、甚兵衛がぶくぶくと水のなかでつぶやく。

「いいんだよ、力がなくても。ご老体のネームバリューが必要なんだからよ」

『そなたもすとれえとな物言いをするでないか』

「身も蓋もない、といわないだけご老体は遠慮があるぜ」

ふたりは気安い口を叩き合う。契約結婚とはいえ、馬が合っている様子だ。

「甚兵衛どのと縁組すれば、要らん縁談や介入を断れる。生半可な妖かしじゃなく神霊なら、一族はともかくよそからの文句は出ねえだろってな」

『代わりに、わしを守護し、寄進するとの約定だ』

ぷく、と金魚鉢のなかで小魚が泡を吹く。

『人間からの信仰が薄れ、霊力も弱まり、わしはまもなく消えるはずだった。だが白糸どのの守護と寄進があれば、眷属の住処《すみか》だけでも守られよう。もっとも』

泰然とした甚兵衛の声が、いささか皮肉の色を帯びる。

『二つ口家のものには、跡取りに死に水を取らせるだけと反発されておるが』

「そして甚兵衛どのの眷属たちには、格下で落ち目で、なおかつ高階に歯向かった妖かしと縁組なんてとんでもない、といわれてるのさ」

『落ち目ならばわしのほうがずいぶん落ち目だぞ』

「似合いの組み合わせってことにしとこうぜ、ご老体」

だから太白とあやねを主賓かつ立会人として招いたのか……と、あやねと太白は目を見交わせてそっとうなずく。

「あの、でも白糸さん、一族の方になにもご相談されずに縁組を？」

「あったり前だろ。事前に話したってどうせ反対されるだけだ」

あやねの問いに、白糸は天井を仰ぐ。

「縁組を決めたいまでも、事情を知らせた数名の老人どもはぐだぐだいってる。どうせカモフラージュなら一族のものと結婚しろとか、情のない相手との縁組などとんでもないとかさ。へっ、これが親父ならそんな反発もなかったろうよ」

相談しないから、いまそんな反発があるのではないだろうか……とあやねは思ってしまう。どうも白糸は独断専行というか、根回しが下手なタイプらしい。

といって、太白も契約結婚を決めたときは誰にも相談などしなかったはずだ。

「そういう事情があるからこそ、高階家のお墨付きが必要なんですね」

「そうだ。身内でこれだけの反発だろ、よそからはよけいになにをいわれるかわかったもんじゃねえからな」

あやねの確認に白糸がうなずくと、太白が冷徹に指摘した。

「ですが、お墨付きを与えるにしても、懸念するのは襲撃者のことです。あなた方に対して、敵意あるものがいる。その脅威を排除しない限り、高階のバックアップがあっても、根本的な解決には至らないでしょう」

「……まあ、そのとおりだな」

「あなたを襲った相手に心当たりは？　姿や声など、少しでも覚えていませんか」

「面目ねえ、その」

白糸は目を伏せる。心なしか、その姿が小さく見える。

「露天風呂に浸かりながら一杯やるのが好きでさ。あのときもちょうど飲みながらあやねどのを待ってたところを、後ろからぼがっと殴られて……」

「つまり、酔っぱらっていたのもあって、なにも覚えていないと」

念押しされて、白糸はますます小さくなってうなずく。

太白は考え深げにあごに指を当てると、次に金魚鉢に目を向けた。

「甚兵衛どの。ここに泊っているあなたの眷属は何名ですか」

『ほんの三名だ』

「白糸さんの襲撃の時刻には、皆さんどうしておられました」

「待て、太白。まさか甚兵衛どのを疑うのかよ」

『よい。疑いは当然のこと』

白糸が咎《とが》めると、金魚鉢のなかで魚はひらひらと胸びれを動かした。

『夕食前、我らは旅館の敷地内を散策に出ていた。良《い》い池があるのでな。人型になれるのは、ごく短時間。魚の姿がもっとも過ごしやすい』

「三人とは、ずっとご一緒でしたか」

『いや、思い思いに泳いでいた。ゆえに、誰がどこにいたかはわからぬ』

(じゃあ、眷属の方が白糸さんを襲撃した可能性が……?)

しかし、すぐにあやねはその考えを否定した。甚兵衛たちは、陸上では巨大な人型になるしかない。だが露天風呂への通路は狭かった。なにより、そんな大きな姿では、いくら白糸が酔っていたとはいえ気づかないはずがない。

「現時点では、白糸さんを襲った相手の手がかりはない、ということですね」

太白は思慮深い声でつぶやくと、白糸に目を合わせる。

「明日の祝言はどうするつもりです。怪我をしているうえに、また襲撃があるかもわからない。二つ口家の皆さんも動揺しているでしょう」

「決行するさ。二つ口旅館の行く末がかかってるんだ」

太白の問いに、白糸はきっぱりと答える。

「わたしの頭ひとつ割られたぐらいでやめられるかよ。頼む。このとおりだ、太白」

そういって白糸はベッドから降り、床で正座して頭を下げる。

「明日の祝言の立会人を務めてくれ。あやねどのを巻き込んだことは深くお詫びする。しかし、これ以上の無礼は絶対にさせないから」

「らしくない真似はやめてください、白糸さん。体にも障る」

太白は白糸に手を差し伸べて助け起こすが、冷静に告げた。

「ご事情は理解しました。しかし、明日の祝言への出席は、パートナーであるあやねさんと相談してからです。危険に巻き込まれ、あらぬ疑いをかけられたからこそ、軽々しい判断はしたくない」

「……そうだな、確かに」

白糸はうなだれる。その様子が哀れであやねは胸が痛む。

けれど、少々手厳しくとも、高階の名を背負う太白の判断はもっともだ。

「あやねさんから、なにか訊きたいことは」

「わたしですか。ええと」

ふいに話を振られ、あやねはうろたえつつも考え込み、そして口を開いた。

「あの、なぜ甚兵衛さまとの縁組を決めたのですか。二つ口家は山に住まう一族、甚兵衛さまは塩釜の海の神霊です。山と海、共通点はないと思うのですが」

「ああ、そのことか」

白糸はちらりと金魚鉢を見下ろして答える。

「甚兵衛どのは、二つ口旅館を興したうちのひいひい祖父《じい》さんと昵懇《じっこん》だったんだ」

『白糸どのが子どものころだから、かれこれ、百年ほど前の話だ』

子どものころが百年前。相変わらず時間のスケールが違う。

『あまりの腕白ぶりに男子と思い込んでいたが、まさかその子が長じて契約結婚を申し込んでくるとは。千年近く生き長らえても驚きは尽きぬ』

「暴れん坊で悪かったぜ。これからも頻繁に驚かせてやるよ」

『やめてくれ。老い先短い老身に障る』

などという楽しげな白糸と甚兵衛の会話のさなかに、

「白糸さま、お話はまだお済みではありませんか」

二つ口のスタッフの無粋な声が割り込む。どうやらずっと入口の外に張り付いていたらしい。その声にはいささか苛立《いらだ》ちの色があった。

「これ以上は無理だな。太白、あやねどの、引き留めて悪かった」

「いえ、状況をつかむために、少しでも話をうかがえたのはいいことでした。祝言は明日の正午からでしたか、それまでに出席の返事をいたします」

「わかった。どうかよろしく、頼む」

ベッドの上で白糸はまた、太白とあやねに頭を下げる。うっすらと血のにじむ包帯が痛々しくて、あやねは上手く言葉をかけられない。

『ところで高階のせがれ。わしらの離れまで運んでくれまいか』

「甚兵衛どのをですか、かまいませんが」

『助かる。では白糸どの、くれぐれも今宵《こよい》は無理せず、養生してくれ』

「ああ、騒がせてすまなかったな。甚兵衛どのもよく休んでくれよ」

金魚鉢のなかでひらひら胸びれを動かす魚に、白糸はほほ笑んで片手を振る。あとはスタッフに任せ、あやねと太白は金魚鉢とともに座敷を出た。

暗く長い渡り廊下を、一同は無言で歩く。ガラス鉢のなかでとぷんと水が揺れる。

『明日の祝言だが、わしからも立ち会いを頼む』

甚兵衛の声が響いた。あやねと太白は思わず廊下のただなかで足を止める。

「本気で祝言を挙げるおつもりですか、甚兵衛どの」

『むろんだ、高階のせがれよ』

「それはご自身と、ご自身の縄張りを守るためですか。しかし……失礼ながら」

太白がためらいがちに尋ねる。

「やすやすと不審者の侵入を許し、頭領への襲撃まで許してしまう二つ口家に、あなたを守れる力があるとは思えませんが」

『なに、実はわしの身も縄張りも、どうでもよいのだ』

「どういうことです、それは」

太白が驚きの声を上げる。あやねも声を呑んで金魚鉢を見つめた。

『誰からも忘れ去られ、付き従う眷属もいまや三名のみ。縄張りはもはや小魚の額ほど。二つ口家の守護があっても、消滅はすぐそこだ』

からりとした、どこか明るい声で甚兵衛は答える。

『かように落ちぶれた神霊と縁組をする意義はない。二つ口家は歴史ある家系、わし以外の縁もあったはずだ。つまり、それだけ切羽詰まっていたのであろう』

「追い詰められた彼女を、見捨てられないと？」

『……わしは塩釜の魚を守護する身でな』

甚兵衛は淡々と語った。

『豊漁を願う人間たちに祀《まつ》られることで霊力を得ていた。白糸どのの高祖父は、旅館で供するための最上の魚を選びにたびたび塩釜へ通い、豊漁を願う寄進を数知れず行ってくれた。つられて人間たちの信仰も厚くなったのだ』

「それで二つ口家とは、ご縁があったんですね」

太白が捧げ持つ金魚鉢に、あやねは優しく話しかける。

『さよう。とはいえ、代が替わるにつれて縁は薄くなっていった。しかし白糸どのは幼いころの親交を忘れなかったとみえる』

甚兵衛はひらひらと尾びれを動かす。

『高祖父どのからの寄進の礼は返さねばならぬよ』

「豊漁をもたらしたのはあなただ。恩は双方向でしょう。なにより」

情を持ち出す甚兵衛に、太白は冷静にいい返す。

「本来神霊を祀るのは、荒ぶる御霊《みたま》をなだめ災厄を抑えるのが主目的。豊漁祈願も、人間たちの後付けです。恩を返すなど、神霊としての在り方に矛盾している」

『……うむ、そうだな』

「明らかにこの縁組に強固に反対するものがいます。白糸さんもあなたの名を利用することしか考えていない。なんの利も求めず、神霊の在り方にも反して、それでも二つ口家に肩入れすると？」

『確かに神霊らしからぬ話だ。利害で語るにも理屈に合わぬ』

ぶくぶくぶく、と魚は泡を吐き出した。どうやら笑っているようだ。太白は納得しがたい顔でさらに問いを重ねる。

「利害なら理性で選ぶので理解できます。しかし、あなたはそうではない」

『いいや、利害こそ情で選ぶものだ。わしの選択も、情ゆえの利があってこそ』

太白は甚兵衛を凝視する。あやねも大きく瞬きする。不思議そうなふたりに、甚兵衛は遠くから響くような声で答える。

『ならば、もっと単純にいおう。あの子は、誰からも忘れ去られたわしを思い出して、頼ってくれた。ゆえに助けてやりたい。それがわしの利だ』

太白は押し黙った。あやねもなにも言葉が出ない。渡り廊下をたどり、やがて三人は離れのひとつまでやってきた。

『ここだ。ご足労、感謝する』

金魚鉢のなかで、魚はぷくりと泡をひとつ吹いた。

『気のいい若者だな、高階のせがれ。下々に命令する立場にもかかわらず、いやな顔ひとつせずわしを運んでくれた。種族が違うても、末永く奥方と仲良うな』

◆

十一月の夜気は、肌を通して骨まで染みる。渡り廊下を歩むあいだに、あやねはすっかり冷えてしまった。

「まさか、金魚鉢三つだけが待っているなんて……」

あやねは呆然とつぶやく。甚兵衛一行が泊まる広い離れには、赤茶色の小魚が泳ぐ小さな金魚鉢が三つのみだったのだ。

「甚兵衛どの眷属の方に話をうかがえなかったのが心残りです」

自分たちの離れの引き戸を開けつつ、太白がいった。

「白糸さんのところで長居してしまいましたから。でも話はうかがえなくても、眷属の方たちから、なにかむっとしたような空気は伝わってきましたけど」

「散策中の様子を知りたかったのですが……おや、誰もいない」

無人のリビングを、あやねと太白は見回す。

「あっ、いた。太白さん、あそこ」

あやねはテラスの露天風呂を指差した。

小泉さんとお大師さまが、のんびり入浴中……ではなく、風呂から出ようとする狸の尻尾を猫がくわえ、お湯に引きずり込んでいる。ばっしゃんばっしゃんと水しぶきが大きく上がり、入浴なのか遊んでいるのかよくわからない。

「だ、大丈夫かな。ちゃんと洗えてるんでしょうか」

「楽しそうでなによりではありますが……しかし、好都合だ。ふたりがいないあいだに、明日の祝言について相談したいのですが」

太白にいわれ、あやねはこくりとうなずく。暖かい部屋でふかふかのソファに腰を下ろすと、思いがけずほっとした気持ちが押し寄せた。

「あやねさん、お疲れのようですね。無理もない。お茶を煎れてきましょう」

太白の気遣いにあやねは恐縮しながらも、その優しさが嬉しくなる。

ローテーブルに熱いお茶の入った湯飲みが置かれた。手に取って口にすると、強張《こわば》っていた体がゆっくりとほぐれる。

「太白さんはやっぱり、明日の出席は気が進まないんですよね」

一息ついて、あやねは切り出す。

「なのにあの場で欠席を明言しなかったのは、迷っているからでしょう？　甚兵衛さまの意向を確認していたのも、そのせいですよね」

「そのとおりです」

太白は重い声で答えた。

「襲撃犯はどこにひそんでいるかわからない。一度失敗したなら、次はもっと過激な手段に出るでしょう。となれば、祝言でなにか起こるのは明白です」

あやねは息が詰まるような心地がした。太白は真剣な表情で続ける。

「見え見えの罠《わな》に踏み入るような愚かな真似はしたくはない。あやねさんを危険にさらすことにもなりかねません」

「でも、二つ口家の祝言の立会人になるのはいいことだと思います」

あやねの言葉に太白が目を向けた。

「二つ口家の以前の凶行は許しがたいものでした。高階による処罰は当然だと思います。でも二つ口家のなかには、理性で納得しても感情では納得できない方、あるいは今後の高階との関係に不安を抱く方もいるのではないかなって」

「……考えられますね」

「立会人としての出席で、二つ口家との友好関係をアピールできるはずです。出席を断って、白糸さんとのあいだにわだかまりを残すのはよくないかなと。いま高階は、敵を増やすべきじゃないと思うんです」

動向不穏で行方の知れない太白の祖父・啓明。彼を味方につけ、明確に高階へ敵対する陰陽師・藤田晴和。宮城の地の妖かしたちのあいだで相次ぐ、世代交代によるいざこざ。半妖である太白に不満を持ち、陰に日向《ひなた》に抗《あらが》おうとする妖かしたち。

そんな不安要素を、あやねはいちいち指摘しなかった。明晰《めいせき》な太白なら、いわずともわかるはずだからだ。

太白はしばしあごに指を当てて考え込み、口を開いた。

「あやねさんは、襲撃犯が誰か見当はつきますか」

「犯人……ですか。えと、太白さんは？」

「僕は、祝言の関係者には間違いないと思っています」

いつもは慎重な太白の断言に、あやねは思わず目をみはる。

「今日明日は特にイベントのない平日、温泉街に観光客は少ない。この旅館にいるのは二つ口のスタッフだけ、宿泊者は僕らふたりと甚兵衛どの一行。関係者以外が入り込めば、すぐに目につくはずです。そして」

険しい顔で、太白は続ける。

「契約結婚を聞かされた二つ口家の上層部はいい顔をしなかったそうですね」

はっとあやねは目を上げた。太白はいっそう声音を厳しくする。

「ちょうどあやねさんが訪問する時刻を狙って凶行に及び、さらに疑いをかける。いかにも罠にはめるためのやり口ですが、内情に通じていなければ不可能です」

「確かに訪問時刻を知るものでしょうけれど……でも、白糸さんは相手の顔を見ていないし、誰かもわからないと。それにわたしが助けを求めて待合室に駆け込んだとき、スタッフの方は心配してくださいました。白糸さんがなにかしたのか、とも」

「契約結婚を知るのは、二つ口家では上層部の数名。彼らが犯行にかかわったなら、末端のスタッフは知らなくて当然です。白糸さんも、身内をかばうために嘘くらいつけるでしょう。この祝言を是が非でも敢行したいのですから」

もっともな指摘だった。だが、あやねはさらにいった。

「太白さん、白糸さんとのお話のとき、甚兵衛さまたちのアリバイを確認してましたよね。甚兵衛さま側への疑いは晴れたのですか」

「動機はあると思います。しかし甚兵衛どのたちは、人型の大きさでは館内を自由には動けない。もっとも、甚兵衛どののお話が真実だとした場合ですが」

「白糸さんのお言葉を疑うなら、甚兵衛さんも疑う余地はあります。……本当は、どちらも疑いたくなんてないんですけど」

一族のために契約結婚をしようとする白糸。その気持ちを汲《く》もうとする甚兵衛。

怪異とばかり思っていたのに、彼らはとても純粋だ。妖かしは、人間の怖《おそ》れの形であると太白はいった。世につれて恐怖の形が変わるように、人間と交わり、深くかかわることで、妖かしの在り方も変化してきたのかもしれない……。

「関係者であるという以外、わからないことだらけですね」

太白は膝の上に置いた両手を組み合わせ、難しい顔でいった。

「護衛を連れてくるなと白糸さんに念を押された理由が、よくわかります。高階とはもう確執を抱えていないと、内外的に示したかったのでしょう」

「確かに、夫婦ふたりだけの訪問なら、二つ口への深い信頼の証拠と受け取られるはずですよね。二つ口の方々にも、甚兵衛さま側にも」

「誰かにいいように使われるのは癪《しゃく》な話です。僕としては、やはり明日の祝言の立ち会いは気が進まない。あやねさんの身に危険が及ぶなら、なおさら」

ふ、と太白は苛立ちを感じる吐息をもらす。あやねは慎重な声音でいった。

「白糸さん襲撃を放置しても、高階が宮城の地の妖かしを統べる頭領であるかぎり、なんらかの形でかかわってくるはずです。でしたら、ここで解決はできなくとも、せめて二つ口家や甚兵衛さまたちの好感は得ておくべきかと思いますけど」

「しかし……」

「わたしなら大丈夫です。覚悟しています。高階に有利になるように動くのも、契約条件のひとつだと思ってますから。もちろん」

それでも難しい顔の太白に、あやねはわざと明るい声を出す。

「万全の警戒態勢をとっていただかないとですけどね」

「……あやねさんが、こういう状況に怖気《おじけ》づくようなひとだったらよかったのに」

太白は苦笑しつつも吐息すると、表情を引き締めた。

「いや、そういうひとだったら僕はあなたを選ばなかった。わかりました、明日の祝言は出席しましょう。ただし青葉から護衛を呼び、旅館の外に配置します。むろん、白糸さんに話を通して。危険があるならやむを得ないと呑んでくれるはずです」

太白はそういうが、呑ませるといったほうが正しいに違いない。

とはいえ、とりあえずの方針はこれで決まった。ふう、と息をついてソファに背を預けて、あやねはふとつぶやいた。

「でも……まさか、白糸さんも契約結婚だなんて」

「僕たちとは状況が異なりますが、驚きましたね」

太白も一息ついたか、湯飲みを口にする。

「契約とはいえ、甚兵衛どのと白糸さんは意外に気が合っているようでしたが」

「ええ、特に甚兵衛さまは立ち会いを改めて頼むほど、この縁組に好意的ですよね。年経た神霊なのに、温かい情をお持ちです」

「白糸さんが、甚兵衛どのの名を利用すると明言しているのとは対比的だ。ストレートな物言いをする彼女らしくはありますが、さすが情とは無縁のようです」

(情とは無縁……なのかな。どうも、そうは見えないんだけれど)

あやねはいいかけるが、確信が持てずに口をつぐんだ。太白も口を閉ざし、湯飲みをテーブルに置いてなにか考え込む。

「あの、ですね、あやねさん」

ふいに真剣な顔で太白が切り出したので、あわててあやねは背筋を伸ばす。

「はい、なんでしょう」

「昼間に、『もみじのこみち』でお伝えしたあの申し出……」

太白はぐっと唇を噛むと、吐き出すようにいった。

「聞かなかったことに、していただけませんか」

とっさに、あやねはいま聞いた言葉に反応ができなかった。

——聞かなかったことに、していただけませんか。

ぐるりと言葉が脳を一周して、やっと目を開く。それは、名実ともに夫婦になろうという話のことか。あやねは手にした湯飲みを両手でぎゅっと握る。

「それは……どういう、ことですか。どういう意味ですか」

「こちらの勝手で、申し訳ない」

「そんな、そう、そうですよ、あまりに勝手じゃないですか」

あやねは思わず声を上げる。

「百鬼夜行祭のときだってそうです。勝手に自己完結して勝手に契約終了を申し出て。いったいこの短時間でどう心境が変わったんですか」

「白糸さんと甚兵衛どのと、そしてあやねさんを見て、思い直したのです」

「白糸さんたちと、わたしを？」

けげんに思って問い返すあやねに、太白は目を伏せて苦しげに答えた。

「二つ口家のためと堂々と公言する白糸さんは、私情を交えず契約結婚を選んだ。僕も高階の次期頭領として、利のために契約結婚をしたはずでした。なのに」

「……太白さん」

「あやねさんは危険を恐れず契約を果たそうとしてくれる。でしたら、僕も私情を交えるべきではないと、意識を改めました」

太白は深く頭を下げた。

「自分の感情が整理できず、身勝手な言葉であやねさんを混乱させてしまった。謝罪します。今後は言動にもっと心します」

あやねは言葉がない。そんなふうにいわれたら、なにもいえなくなる。

(……でも、わたしだってこのままがいいと思っていた)

太白と、自分の気持ちをきちんと見つめて、結論を出すことをしなかった。自分が、本当は彼をどう思っているかも見極めて、伝えることもせずに……。

あやねは唇を噛んでうつむく。気まずい空気で、ふたりは沈黙した。

「あやね、太白!」「ふああ、酷い目に遭うたのである」

いきなりテラスからびしょ濡れの三毛猫と狸が飛び込んできて、あやねと太白は驚いて振り返る。

「おや、ふたりとも、どうしたですにゃ。なんだか様子が変ですにゃよ」

「いや、なんでもありません。小泉さんこそ、そんなに急いでどうしたのです」

太白の問いに、小泉さんが鼻先をくいと玄関のほうに向ける。

「本館のほうが変なんですにゃ。小泉は耳がいいから、あわただしい足音やピリピリした話し声が聞こえるですにゃ。絶対なにか起こったんですにゃ」

「こちらに知らせにくる様子はありますか」

「ないですにゃ。向かってくる足音が聞こえにゃいですからにゃ」

小泉さんは体を舐めて毛づくろいしながら太白に答える。

「ふたりともずぶ濡れですよ、舐めるよりもいま拭いてさしあげますから」

あやねはバスルームからバスタオルを持ってきて、太白と一緒に小泉さんとお大師さまを拭いてやる。あらかた拭き終わると、太白がいった。

「申し訳ないが本館に様子を見にいっていただけますか、小泉さん。ついでに二つ口のものに訊いてほしいことがあります」

彼は身をかがめて小泉さんに告げる。

「んむ、小泉に任せるですにゃ！」

小泉さんは張り切って、太白が開ける戸口から外へ飛び出していった。それを見送りながら、濡れ狸ことお大師さまは大きく吐息した。

「やれやれ、元気な子猫ちゃんに付き合っていたら、体力が持たないのである」

「ちゃんと拭きましょう、お大師さま。風邪を……って妖かしも風邪引くのかな」

しっとり狸をドライヤーで乾かしてやりながら、あやねはいった。

「ところでお大師さま、五階から飛び降りてよく怪我をしませんでしたね」

「一瞬だけ巨大化したのである。ゆえに五階でも無事に足はついたのである」

ふふん、と狸は得意げになる。こういうところは小泉さんと似た者同士だ。

「そういえば、お大師さまは大きくなれるんでしたね。それでわたしは松島で怖い思いをさせられましたけれど？」

「あ、あのときは悪かったのである。ほんとに悪いと思っているのである！」

しゅんとなるお大師さまに、あやねはくすりと笑った。そこへ太白が尋ねる。

「お大師さま、あやねさんを本館まで尾行していたとき、なにか気づいたことはありませんでしたか。不審な動きをしているものとか」

「ううむ、特に見かけなかったのである」

あやねの腕のなかで、狸は小首を傾げる。

「エレベーターホールまでは猫ちゃんと一緒であったが、廊下を行くのは案内とあやねのふたりのみ。ホールであやねと二つ口のものたちが話している隙に猫ちゃんが通風孔を伝って先行、我はあやねたちが五階に上がるのを見計らい、ホールの周囲を偵察したのちに追いかけた。だが、おかしなものは見なかったのである」

ふむ、と太白は腕組みしてあやねに目を向ける。

「あやねさんも、不審な点や人物は見かけませんでしたか」

「わたしが会ったのは二つ口のスタッフ三名だけです。でも露天風呂に入ったあとは取り乱してしまって、その場をちゃんと見ていなくて。その隙に襲撃犯が逃げた可能性もあります……すみません」

「いや、謝ることではありません。謝罪すべきはひとりで行かせた僕のほうです。とりあえず、小泉さんが戻るのを待って話を聞きましょう」

太白がソファを指し示すので、あやねはもふもふ狸を抱っこして腰掛ける。やがて外から軽快な足音が聞こえてきたかと思うと、小泉さんが走り込んできた。

「小泉、ただいま帰還したですにゃ……って、ああっ、古狸！」

あやねの膝を独占している狸を見て、小泉さんが叫ぶ。

「にゃにをくつろいでいるですにゃ、小泉は働いてきたというのに」

「うむ、うむ。猫ちゃんお使いご苦労なのである」

「にゃーっ、腹立つですにゃ、この古狸！」

ぴょんぴょんとあやねの足元で威嚇跳びをする小泉さんを、太白が抱え上げる。

「お大師さまと遊ぶのはあとにしてください。それで、本館の様子は」

「そうだ、そうでしたにゃ」

床に下ろされた小泉さんは、前足をそろえてビシッと姿勢を正す。

「不肖小泉、高階の名代として、偵察及び調査に行ってまいりましたですにゃ。なんと襲撃犯が使用した凶器が見つかったんですにゃ！」

「ええっ」「凶器……どのようなものでしたか」

「血のついた、大きい電動モップみたいなものでしたにゃ。浴場を掃除するための機械で、露天風呂の真下の裏庭に落ちていたそうですにゃ」

「電動モップ？」

「ポリッシャーですね。大きさによりますけど、重さは十数キロ以上あるかと」

小泉さんの答えに太白はぴんときていないようだったが、すかさずあやねが補足する。青葉グランドホテルでも清掃に使われる機械だ。

「それだけ重いものをぶつけられて、白糸さんがあれだけの怪我で済んだのは幸運です。犯人はおそらく大変な怪力ということになる」

太白の言葉に、あやねはぞっとして青ざめる。一歩間違えれば、あやねはその犯人と出くわしていたかもしれないのだ。

「それと、スタッフの話を訊いてきたですにゃ」

尻尾をぴんと立てて小泉さんは話す。

「清掃を終えたスタッフが全員出てきたのを見計らって、白糸嬢はひとりで天空風呂に向かったそうですにゃ。五階への通路はエレベーターと非常階段。非常階段はエレベーターホール前の廊下を通らないといけないんですにゃ」

「つまりスタッフも、怪しいものは見かけなかったというのですね」

太白の問いに小泉さんはうなずくと、声をひそめる。

「それと、電動モップはこの旅館の備品で、天空風呂専用だそうですにゃ。二つ口家のものたちは身内の犯行だと大騒ぎだったですにゃ。小泉が気づいて様子を見に行かなかったら、凶器は隠されていたかもしれないですにゃよ」

「やはり……状況的に、二つ口家の内紛の線が濃厚ですね。家ぐるみで犯人を隠しているかもしれない。とりあえず白糸さんと連絡を取ります。これでも明日の祝言を決行するかどうか、返答次第で青葉にも連絡をしないと」

太白はふと腕時計に目を落とした。

「もう九時になる。あやねさんも内風呂に入って体を温めて寝てください。僕がリビングで寝ずの番をしますから」

「そんな、太白さんだってお疲れでしょうに」

「いや……どのみち、あやねさんと一緒の寝室では眠れませんから」

「え？　ええと、それは」

「いえ、なんでもありません。とにかく」

太白は目をそらし、テラスを見つめていった。

「一晩くらい寝なくても僕は大丈夫。もし祝言が行われるなら、明日に備えるべきはあやねさんのほうです。今夜は、どうかゆっくり休んでください」

◆

「……はーっ、あったかい」

湯船に肩まで浸かり、あやねは深々と吐息する。

内風呂だが、さすが高級旅館。ゆったり浸かれるヒノキの湯船に小さな坪庭を臨める窓もある。とはいえ、展望も広さも露天風呂とは比ぶべくもない。

「せっかく奥州の奥座敷と呼ばれる名湯にきて、露天風呂に入れないなんて」

あやねはお湯のなかで唇を尖《とが》らせる。食事は白糸がルームサービスを送ってくれたが、太白もあやねも食欲がなく、あまり手を付けられなかった。

その分、小泉さんとお大師さまがたくさん食べてくれて、満腹になったふたりはリビングに敷かれた布団ですでに爆睡している。

露天風呂に浸かれない代わりに、いい香りのバスオイルを入れてリラックスしていると、やっと落ち着いて今日のことを考える余裕が出てきた。

（……白糸さん襲撃犯って、いったい、誰なんだろう）

契約結婚に反対する二つ口家の上層部か、それとも甚兵衛側か。

現状では二つ口家がどう見ても怪しい。旅館内部の作りをよく知っているだろうし、白糸に怪しまれず近づける。身内の犯行なら、白糸がかばうのも当然だ。

それでも、あやねはどうも納得できない。

まず白糸は後頭部を殴られ、うつ伏せに浮いていた。ポリッシャーのような重いもので殴られて、振り返って相手を確かめる余裕があっただろうか。それに身内なら、祝言の前日というぎりぎりを狙わなくても、いつだって襲撃できる。

（ただ、白糸さんは……）

二つ口という妖かしの特徴を、あやねは恐怖の記憶とともに思い出す。

パーティ会場から消えた白糸を探しに行って知ったその正体。東京で襲われ、エレベーターを使って連れ去られたあのとき。

二つ口――〝口がふたつ〟ある妖かし。つまり、彼らは顔がふたつある。いつもは長い髪で隠しているけれど。いや、自在にふたつの顔を出せるのかもしれない。あやねは青葉のパーティ会場のレストルームで、倒れた白糸の顔が後頭部にもあるのを見た。あれが妖かし初遭遇だったんだな……と変に懐かしく思ってしまう。

さらには東京で、二つ口のものの顔が前後で入れ替わる瞬間を目の当たりにした。だから、たとえ酔っていて、背後から襲われたのだとしても、後頭部にも顔があるといえる白糸が相手を見ていないというのはどうも不自然だ。

そして、二つ口家のふたつの空間をつなげる能力。この能力があればどこへでも侵入できそうだ。となれば、やはり犯人は二つ口家のものなのだろうか。だが――。

……どうにも考えがまとまらない。

あやねはずるずると体を滑らせ、湯のなかにあごまで浸かる。

白糸の言動が不自然なのはわかる。旅館のなかを自由に動けない甚兵衛側が襲撃犯のはずがない。といって、二つ口家のものが犯人というのもなにか違和感がある。

しかし、その違和感を上手く言葉にできない。ぼんやりする頭で、あやねは初めて太白の鬼の姿を見たときを思い出す。

二つ口家の空間転移のわざにより、あやねは東京タワーの地下に監禁された。

そして、助けにきてくれた太白が鬼の姿を現すのを目の当たりにした。

二つ口のものはただ恐怖に感じたのに、太白は恐ろしくても逃げようとは思わなかった。異質な姿の向こうには、優しい〝彼〟がいると知っていたから。

（太白さんが助けにきてくれなかったら、ほんとどうなっていたかな……）

散々な目に遭ったけれど、あの騒動があやねと太白を結び付けたといえなくもない。

そう考えれば、白糸の祝言の立ち会いも縁あってのことと思える。

実際、言動は少々荒くても、二つ口家のために奔走する白糸は、どうにも憎めない相手だ。だからこそ、甚兵衛も利用されているとわかっていながら私利を考えず縁組を受け入れたのだろう。

――いや、本当に利用されているだけ？

先ほどとは違う違和感を抱くけれど、すぐにそれは眠気に飲み込まれる。

「変なの、判断力が鈍ってるのかな……」

あやねは口元まで湯に沈む。もうろうとするなか、耳朶《じだ》に声がよみがえる。

〝……聞かなかったことに、していただけませんか〟

考えがまとまらないのは、きっと太白のせいだ。

なんの相談もなく籍を入れようといってみたり、かと思えば唐突に撤回したり。

ほんとうに、太白の考えがさっぱり読めない。
考えているうちに腹が立ってきた。腹を立てる自分にも腹が立ってきた。
腹を立てるということは、太白の言動に失望しているのだ。元彼のように裏切られ
るのが怖いだけで、あの申し出が――〝名実ともに夫婦になりたい〟という言葉が、
真実あやねを好きで出た言葉とわかったなら、きっと自分は――。
（……それってやっぱり、わたしは、太白さんのことを）
ふいにずるんと体が滑り、あやねはばしゃんと湯のなかに沈んだ。
「あっ、あぶ、危なっ、ひえっ」
溺れかけたあやねは、あわてて湯をかいて湯船の縁にしがみつく。
「はああ、あ、危なかった……ああもう、明日のために出なきゃ」
白糸の決意を見るかぎり、おそらく明日の祝言は決行されるだろう。襲撃犯も強硬
手段に出る可能性がある。太白と打ち合わせをして、備えておかなくては。
風呂から出るあやねの頭のなかは、すでに明日のことでいっぱいだった。
――本当は、抱いた疑問と違和感に、もっと深く目を向けるべきだったのに。

3　魚心あれば水心あり

「お支度のお時間でございます」

離れの入口で、二つ口家のスタッフが頭を下げる。時刻は九時半。正午からの祝言で、あやねは色留袖を着る予定だった。

『あやねさまはお顔立ちがつつましくていらっしゃるから、色留袖がよろしいですわよ。三つ紋にすれば立会人にふさわしい格になりますもの』

青葉の美容室のチーフにそう勧められたからだが、つまりは顔が地味だから華やかな色留袖にしろというわけである。

（つつましいとか、いい方よね〜？　否定はしないけど）

超絶イケメンの太白と並ぶなら、無駄な抵抗でも少しは映える服装にしたい。その着付けを、二つ口の美容室にお願いしてある。最近自分で着付けができるようになってきたけれど、立会人の正装なら不備があってはならないからなのだが……。

（こんなことなら自分で着るっていえばよかったな）

一時でも太白と離れるのが不安で、あやねの胸中は重い。

小泉さんが付き添うし、太白の要請で旅館の外に青葉の警護も配備されているが、着替えの場までは無理だ。密室でなにかあっても、すぐには駆けつけられない。

重い気持ちでソファから腰を上げるあやねに、太白も立ち上がる。

「僕はスーツなので早く終わるはずです。美容室の近くで待機しています」

「ありがとうございます。用心だけで、何事もなければいいんですけど」

「ええ、そう願います」

太白は短くそういった。口調にも表情にも冷たさはないが、心なしかビジネスライクで距離がある。あやねはますます心が沈んだ。といって、太白が契約関係に徹するというのならなにもいえない。条件を呑んで契約を選んだのは自分なのだから。

あやねは黙って一礼し、スタッフのあとについて離れを出る。渡り廊下を歩くあやねの隣で、小泉さんが小首を傾げて見上げた。

「にゃんだか、あやね元気がにゃいですにゃ。太白となにかあったですかにゃ」

「……え、いいえ、なにもありませんよ」

「それならいいんですけどにゃあ、心配ですにゃ」

尻尾をゆらめかせ、小泉さんはいった。

「困りごとがあるなら、小泉にいうですにゃよ。遠慮にゃんかせずに」

「ありがとうございます。……優しいですね、小泉さんは」

「小泉がついてるからには、大猫の腹に乗ったつもりでいればいいですにゃ！」

明るい小泉さんにつられて、あやねも思わず顔がほころぶ。

わきあいあいなあやねたちに比べ、前を歩く案内のスタッフは驚くほど無言だった。昨日と同じ相手だろうか、今日も彼女は体にフィットした黒いスーツに束ねた長い黒髪で、渡り廊下の柱の影に同化しそうだ。

やがて一行は本館二階の美容室へ到着した。格子戸の入口では、美容部員らしき白いカットソーと黒いパンツの女性たちが頭を下げて出迎える。

「あやねが入る前に、念のため小泉が検分するですにゃ。いいですかにゃ」

「検分、ですか。かまいませんが、なぜ……あっ」

スタッフの制止もかまわず、小泉さんがなかへ駆け込む。しばしのち、小泉さんは満足げに廊下へ出てきた。

「んむ、特に変わったところはなかったですにゃ。では、あやねの支度が終わるまで小泉はここで待たせてもらうですにゃ」

といって小泉さんは入口の前で、ぴんと前足をそろえて姿勢を正す。あやねは、「行ってきますね」と会釈してスタッフについて歩き出す。

何事もなく、あやねは美容室のなかへ入った。入口は格子戸だが、内部は黒と白を基調にしたモダンな美容室である。

「メイクや髪型にリクエストはございますか」

大きな鏡の前の椅子に腰掛けるあやねに、スタッフが尋ねる。

「そうですね……控え目でお願いします」

「かしこまりました」

着物一式は事前に青葉より送られていて、あとは着付けてもらうだけだ。しかし、青葉の美容スタッフはみなおしゃべりなのに、二つ口のスタッフは丁寧だが寡黙で、無駄口をまったく叩かない。これで客商売ができるのかと心配になる。

「あの、皆さんお静かなんですね」

たまらずあやねは話しかけた。

「うちの美容部員とはまったく違って……家によって異なるものなのですね」

「高階の奥様に失礼があってはいけませんので」

スタッフは慇懃に答える。取り付く島もない感じで、あやねは吐息して黙った。

今日のために青葉の美容部員が選んでくれた衣装は、クリーム色の地に柄は菊尽くしと波文に熨斗《のし》、三つ紋の入った色留袖で金地の帯。

祝儀にふさわしい上品さで、既婚者らしい落ち着きと、かつ華がある。

それをどう着付けてくれるかと案じていたが、寡黙でも二つ口の美容スタッフの腕は確かで、着物の格と立会人という大役に見合う素晴らしい仕上がりだった。メイクもヘアセットも控えめだが品があって美しく、鏡を見たあやねは感心する。

「お似合いでございます」

「ありがとうございます。丁寧に着付けてくださったおかげです」

頭を下げる二つ口のスタッフに、あやねも心から感謝を返す。

「では、係のものが控室にご案内いたします」

しかしスタッフの返事はそっけなくて、あやねは吐息する。とはいえ、警戒した密室で何事もなく、こっそり胸を撫《な》で下《お》ろした。

「あやね、とっても綺麗ですにゃあ！」

美容室から出ると、待ち構えていた小泉さんが出迎えてくれた。

「ありがとうございます。二つ口の方が綺麗にしてくださったので」

「うんうん、いいですにゃあ。太白もきっと喜ぶですにゃ」

尻尾をぴんと立て、目を輝かせて足元でぐるぐる回る小泉さんに、あやねは顔をほころばせる。手放しの賞賛は、やっぱり嬉しいものだ。

（太白さんも……褒めてくれたらいいな）

けれど、立会人用の控室に入ったときだった。

「太白、古狸。あやねさんの支度が終わったですにゃよ！」

小泉さんが飛び込んでうきうきと報告すると、ソファに座っていた太白と、水干を着た少年姿に変化したお大師さまが立ち上がる。

「おお、あやね、素晴らしいである！　まるで弁天さまのようであるぞ」

お大師さまが水干の袖をひるがえしてあやねに駆け寄ると、太白を振り返る。

「どうであるか、太白。美しいと思うであろう」

「……ええ、そうですね」

太白は目をそらし、そっけなく答えた。あやねの心が一気に沈む。

「にゃんですかにゃ、太白。もっと褒めたたえるですにゃ」

「そうであるぞ。己が伴侶の美しさを褒めずしてなにを褒めるであるか」

「いいんですよ、小泉さん、お大師さま。それより」

憤慨するふたりをなだめ、あやねは太白に顔を向ける。

「まもなくですよね、祝言。段取りは事前にうかがっているとおりですか」

「そのはずです」

目を合わせようともせず答える太白に、あやねの胸はますますふさがる。期待からの失意が、腹立たしさにつながってしまう。

（ビジネスライクに徹するっていっても、あまりに露骨じゃないですか？）

ぷん、と子どものように頰をふくらませたくなって、あやねはこらえた。

「あやね、式の段取りとはどのようなものであるか」

「えっと、人間でいう人前式のような感じですね」

見上げるお大師さまに、あやねは無理やりほほ笑んで答える。

「新郎新婦をわたしたちが介添えして入場、新郎新婦が誓いの言葉を述べて結婚誓約書にサイン、それにわたしたちもサインして、おふたりの結婚を宣言する……って流れです。そのあとは宴会だそうですよ」

「うむ、宴会であるか！　ご馳走《ちそう》が楽しみである！」

お大師さまは満面の笑みであやねの周りを飛び跳ねる。

「人前式とは、あまり妖かしの式では見たことがない形式ですにゃ。お披露目パーティだけのあやねと太白みたいですにゃ」

小泉さんに指摘されて、あやねは内心ぎくりとした。あやねたちだけでなく、白糸と甚兵衛が契約結婚なのも内密なのである。

「これも時代の流れというものにゃんですかにゃあ」

「え、ええ、そうですよ。妖かしの一般的なお式って、どんなものなんです」

「そうですにゃあ、江戸時代の様式が多いですにゃ。たいがい夜に嫁入り道具を運んで嫁入り、新郎新婦のみで三三九度、後日親族で宴会という……」

話をそらすあやねに、小泉さんがとくとくと説明する。そこへノックの音が響いた。どうぞ、と太白が答えると、扉が開いてふたりのスタッフが頭を下げる。

「お時間となりましたのでご案内させていただきます。お連れさまも宴会場へ」

「わかりました、お願いします」「小泉さん、お大師さま、またあとで」

「立会人、無事務めてくるですにゃよ」「宴会場で待っているである」

スタッフのひとりについて、小泉さんとお大師さまが連れ立って出ていく。

「それでは、どうぞこちらへ」

残るスタッフのあとについて、あやねと太白も廊下に出る。ふたりのあいだに会話もなく、スタッフも特に口を開かないので、どうにも居心地の悪い空気だ。

隣を歩く太白を、あやねはこっそり見上げる。

彼の衣装は、黒無地シングルのジャケットにグレーのベスト、シルバーのアスコットタイにストライプのトラウザーズという準礼装のスーツ。

体型にフィットしたオーダーメイドで、足の長さとスタイルの良さを見事に引き立てている。あやねが和装で太白は洋装だが、これは青葉の美容部員の見立て。実際、太白は驚くほど似合っていて、気まずい雰囲気も忘れてあやねは見惚れてしまう。

しかし彼はこちらの視線に気づいた様子もなく、真っ直ぐ前を向いて歩いている。その横顔も怜悧に整っていて、目が離せないくらいに美しい。

（あーあ、どんなときもイケメンで、ずるいなあ）

まったくこちらに目もくれない太白に、あやねはこっそり口を尖らせる。いつもあやねを手放しで褒めてくれたのに、あまりに態度が変わりすぎではないか。

でも、これが本来のあるべき形なのかもしれない。下手に慣れ合わずドライな関係のほうが。契約結婚というビジネスから始まったのだから。

それでも胸は重苦しくなるばかりで、あやねはうつむいて廊下を歩く。沈黙のなかで、新郎新婦の控えの間までの道のりは、やけに長く思えた。

「おう、太白。今日はよろしく頼む」

控えの間につくと、白糸が出迎えた。

新婦の彼女はごくありきたりなダークスーツ。とはいえ高級感ある生地と仕立てで、包帯を隠すようにシンプルなヴェール付きウェディングハットをかぶっている。

一方、新郎の甚兵衛は、窓際のテーブルに置かれた金魚鉢のなか。特になにも変わらずひらひらのんびり泳いでいる。

「このたびはおめでとう。無事に祝言の運びとなってなによりです」

「立会人の大役、精一杯務めさせていただきます」

太白とあやねが会釈すると白糸は肩をすくめる。

「改まっていわれると気まずいな。こっちが無理に頼んだんじゃねえか。そうかしこまらなくてもいいんだって」

「そうはいきません。高階の名においての立ち会いですから」

「へっ、家名を背負う次期頭領はつらいな。わたしも同じだけどよ」

「あの、お怪我は大丈夫なのですか」

あやねは心配になってしまうが、彼女はへらりと笑って手を振る。

「平気だって。せっかくの祝言、みっともねえところを見せるわけにはいかねえ」

「どうか無理はなさらずに。ところで、警備は万全ですか」

太白が会場に続く扉にちらりと目をやると、白糸はうなずいた。

「うちのスタッフを旅館の内外にくまなく配置してある。怪しいものはいまのところ見かけていないが、会場には埃ひとつも入れさせねえよ」

白糸はどこまでも身内を信じているようだ。襲撃犯が彼らかもしれないのに。

「いまさらですが、最後の確認です」

太白は鋭いまなざしで白糸を見つめる。

「本当に祝言を挙げるつもりですか。信頼するご自分の同族のなかに襲撃犯がいるかもしれないのに。その危険性がわからないわけではないはずです」

あやねは胸を押さえる。やはり太白も同じ疑いを持っているのだ。

「なぜ、そこまで信用を？　それとも彼らが犯人でないという裏付けでも？」

「違う。ここでビビッて逃げたら、二つ口のみなに示しがつかねえからだ」

白糸も腕組みをして、挑むように太白を見返す。

「一応、わたしも次期頭領なんでな。逃げるわけにはいかねえんだよ」

「……そうですね、わからないでもない」

「へええ？　そうなのか？」

「高階が立会人と知っての上での襲撃のはず。つまり、こちらの力を侮っているか、試しているかのどちらかだ。受けて迎えねば」

太白の目が、かすかに光る。

「――高階の名に、傷がつく」

白糸が大きく目をみはる。

「ふん、お坊ちゃんと思えばけっこう好戦的だったとはな。なかなか意外だぜ」

「……と、以前の僕なら思うでしょう」

ふっと眼《め》の光を収め、太白はいった。「なに？」と不審そうに眉尻を上げる白糸に、太白は表情を改めて冷静に返す。

「僕の考えはいい。問題は、あなたが矜持《きょうじ》を貫くことで甚兵衛どのを巻き込み、彼に危険が及ぶ可能性が大ということです。それはかまわないのですか」

「それは……その、ご老体には、すまねえと思ってる」

白糸はうつむく。しかし、すぐに顔を上げて金魚鉢に目を向ける。

「申し訳ない、ご老体。けど、絶対にあんたに危害は加えさせねえから」

はっとあやねは目を見開いた。太白が体の陰で、こぶしを握るのが見えたのだ。

『ずいぶんと血の気が多いのう』

それまで無言だった甚兵衛が、淡々と話しかける。

『そう気負わずともよい、白糸どの。そちらの事情も呑んだうえで、わしは契約結婚を選んだのだ。高階のせがれも、どうか承知しておいてくれ』

「甚兵衛どのは寛大だ。いいでしょう、もうなにもいいません」

太白はかすかに息をつき、あやねに目を移す。あやねはそっと息を呑んで見つめ返すが、太白はもの言いたげな視線だけでなにもいわなかった。

ただ、そのまなざしが、なにかの決意を秘めているような——。

ノックの音が響いた。スタッフが入室し、祝言の時刻と告げる。

あやねは白糸の隣に立ち、介添え役としてその手を取った。白糸がにっと唇の端で笑むと、身をかがめてささやく。

「綺麗だな、あやねどの。あんたのほうが花嫁みてえだぜ」

「そんな、ご冗談を」

あやねがあわてて謙遜すると、白糸は楽しそうにいった。

「太白がうらやましいな。可愛いだけじゃなく、有能で度胸もある怖れ知らずだ」

「わたしに度胸……ですか」

「ああ。ただの人間なのに妖かしを恐れない。今回みたいに、どこに危険な輩がひそんでいるかもわからねえのに、逃げ出さないんだから」

「いいえ、度胸なんてありません。わたしはただ……いえ、なんでもないです」

「ん？」とのぞき込む白糸から目をそらし、あやねは首を振る。

「しかし、あやねどのは麗しくていいけどよ。おい、太白」

白糸が隣の太白に目を移し、うさんくさそうな顔になる。

彼はびしっと決めたスーツに丸い金魚鉢を両手で持って、しごく真面目な顔をして立っていた。昨夜も金魚鉢を持って歩いていたが今日は正装なので、どうにもミスマッチである。甚兵衛がきょとんとしたお魚姿なので、よけいにおかしい。

「どうも高階の威厳があんまりねえ気がするな。そう思わねえか、あやねどの」

「ええ⁉ え、ええっと、ど、どういったらいいか」

困り果てるあやねに、太白が形のいい眉を寄せる。

「そんなにおかしく見えますか。僕はともかく、せっかくの祝言で甚兵衛どのの威厳が損なわれるのは申し訳ない」

『わしは特にかまわぬぞ』

甚兵衛の声が響くが、太白は考えるような目になる。

「それでは、あやねさんが持っていただけますか」

「わたしがですか？　でも、介添えが同性同士でなくなりますけれど」

「ああ、そうだな、あやねどのが持ってくれたほうが見栄えがするぜ」

「……白糸さんが、そうおっしゃるなら」

あやねは渋々太白から金魚鉢を受け取る。

「うん、こっちのほうがいいんじゃねえか、可愛いぜ。少なくとも太白がしゃちほこばって持つよりは、おかしさがねえよ」

そういうものだろうか、とあやねは首を傾げたくなるが、仕方がない。

あやねが金魚鉢を持ち、太白と白糸を挟む形になる。長身のふたりが並び立つのはいかにもお似合いで、あやねは胸のもやもやがつのる。

（……いつか、こんな日がきてしまうのかな）

――自分以外の誰かと並ぶ太白を、目にする日が。

ふいに強い哀《かな》しみがこみ上げた。いやだ、そんなのは、嫌だ。あやねを気遣い、大切にしてくれる太白が、ほかの誰かと並ぶだなんて。

〝僕と、名実ともに、夫婦になりませんか……〟

怖がらずに、あの言葉を受けとめればよかった。自分の想いを素直に見つめ、彼の想いも信じて。そうしたら、こんな気持ちにはならなかったはずなのに。

『どうした、高階の奥方どの』

甚兵衛の気遣う声が脳内に響き、はっとあやねは我に返る。

「あ……すみません、なんでも、ないです。そうだ、甚兵衛さま」

あやねは気持ちを切り替え、ふと胸に浮かんだ疑問を尋ねた。

「館内で移動するときはどうなさってたんです。ご自分では動けないでしょう」

『巨大になってもかまわん場所なら、金魚鉢は自分で持って歩く。それ以外は、二つ口のものが都度運んでくれた。塩釜の海からもな。昨夜、白糸どのの部屋を訪れたときは、知らせに来てくれた二つ口のものが運んでくれた』

ふうん、とあやねは納得しかけて、はたと疑問に思う。

（どうして、そんな問いをしたんだろう）

無意味な問いではない、昨夜からなにかが引っかかっていたから尋ねたのだ。

動機はあるのに、館内を自由に移動できなくて襲撃できない甚兵衛たち。一番襲撃犯らしいのに、露天風呂から出た血まみれのあやねを心配していた二つ口家のスタッフ。そして、犯人を見ていないという白糸の違和感……。

（決め手がない……でも、昨夜聞いた会話で、なにかあったような……）

そのとき、スタッフが扉を押さえて指し示す。いよいよ祝言が始まるのだ。

あやねは物想いを打ち切り、金魚鉢を大事に持って、太白らと歩き出す。

着いた先の別館の会場は、豪奢な和式の式場だ。床は鏡のように磨かれた板張りだが、凝った内装は和風。入口から赤い絨毯が、奥の美しく手入れされた庭園が見える窓際まで続いており、そこには新郎新婦と立会人が座るテーブルがしつらえてある。

参列者の椅子席は、左右に並んでいた。一方には二つ口らしい白い長髪の老人たち。数はさほど多くない、事情を知る上層部だけのようだ。

そして、もう一方に並ぶ椅子に置かれたのは、金魚鉢。

『……おや』「あれ？」「おかしいですね」「おい、足りないぞ」

あやねたちは不審そうに声を上げ、白糸も眉をひそめて見回す。

「甚兵衛どの。眷属の方は、三名ではありませんでしたか」

『そうだ。ここにおるのは弐《に》と参《さん》。壱《いち》がおらん。どうした』

太白の指摘どおり、金魚鉢はふたつしかない。白糸がスタッフに怒鳴った。

「ほかのふたりは運んだんだろ。なんで置いてきたんだ」

「落ち着いてください、おひとりはご気分が優れないと欠席されるそうです」

スタッフがなだめるように答えるが、白糸は長い髪を振り乱して詰め寄る。

「そんなわけがあるか。全員に縁組を承認させなきゃ意味がねえのに。わたしたちの結婚を認めるつもりがねえってことかよ」

はたとあやねは目を見開いた。白糸が振り乱す黒髪の隙間の頰に、大きなほくろがあるのが見えたのだ。昨夜、露天風呂や座敷で見たときにはなかった。

（そうだ、初めて白糸さんと会った日……）

あやねは思い返す。啓明の引退パーティで、酔わされたあげく薬を盛られた白糸は、レストルームに閉じ込められた。探し当てたあやねは、気絶した白糸の後頭部に、頬にほくろのある顔があったのを確かに見たのだ。

同時にあやねは、昨夜の白糸の言動や、見聞きしたことを思い出す。

——その瞬間、いくつかの疑問の点が、つながった。

「……白糸さん」

あやねは無意識に金魚鉢を抱きしめて尋ねる。白糸が振り返った。

「なんだよ、あやねどの」

「見ていたんですね。でも、なぜ、黙っていたんです」

「見ていたって、なにをだよ」

「あなたを、襲った相手が……」

あやねが問いかけたそのとき、窓に大きな影が差した。

「下がって、あやねさん！」『やめろ、壱！』

太白と甚兵衛が叫んだ瞬間、激しい音とともに窓ガラスが割られた。

「わああっ！」「ひぃぃいっ」

逃げようとする二つ口の参列者へ大きな影が飛ぶ。すかさず太白が走った。

「た、太白さん！」

あやねは金魚鉢を抱きしめて叫んだ。

破られた窓から、鱗《うろこ》の生えた巨大な手が侵入している。太白は、片手でそのこぶしを押さえていた。よほど強い力なのだろう、歯を食いしばって相手のこぶしを押さえる太白の腕は、わなないている。

「くそ、みなで〝口〟を開けろ！　おい、外の奴らも加勢だ！」

白糸の命令に老人たちが下がるのと同時に、戸口から黒髪のスタッフたちが現れて守るように前に出る。白糸は老人たちと並び、手を組み合わせて印を結ぶ。

あやねは金魚鉢を抱いて、震えながら窓を見やった。

窓のあった場所を、巨大な黒いなにかがふさいでいる。美しい庭を隠すほどの巨体。その全容はわからず、見えるのはただ、濡れたように光る鱗だ。

「太白！」

二つ口の仲間と並び、白糸が叫ぶ。

「デカブツ過ぎて〝呑み込む〟にはしばしかかる。時間稼ぎを！」

「ならば、あやねさんを安全な場所へ」

太白は鱗の腕を押さえたまま冷静に返す。白糸がちらと後方に目をやった。

　すかさず二つ口の若いスタッフが二名ほど動き、あやねへ駆け寄ってくる。はっとあやねは我に返って、金魚鉢ふたつが置いてある席へ走った。

「失礼ですが、すみません。ここへ！」

　あやねは袖が濡れるのもかまわず、置いてある金魚鉢に手をつっこんで二匹の眷属をすくって甚兵衛がいる鉢へ移す。

『弐、参。なにがあった』

　甚兵衛が同じ鉢に入ったふたりに話しかける。

『我らが説得にも応じず、祝言に出ぬといい張って……まさか、あのような蛮行を』

『申し訳ございませぬ、わが宮。壱があぁも思い詰めているとは思いもよらず』

　三人、いや三匹の会話を聞きながら、あやねは身をひるがえす。即座に二つ口のスタッフがあやねを囲んで座敷の外へ誘導しようとする。

「甚兵衛どの」

　太白の低い声が追いかけてきた。

「あなたの眷属に手荒な真似をする許可を。このままではこちらに被害が及ぶ」

『許す』

　短い答えが返った瞬間、すさまじい音が響いてあやねは振り返る。

祝言の間の窓は破壊されてぽっかりと巨大な穴が開き、緑の庭が見えている。その穴に向かって太白は歩いていく。

「気を付けて、太白さん！」

あやねはたまらず叫ぶ。だが返事があったかどうかもわからないまま、スタッフに抱えられるようにして外へ連れ出される。

着物で動きにくいが、必死にあやねは走った。両側を挟むスタッフが口を開く。

「お早く。白糸さまらの術が間に合わねば、追ってこられるかもしれません」

「あ、あの、白糸さんがおっしゃってた〝呑み込む〟って」

金魚鉢の水があふれないよう袖で口をふさぎつつ、あやねはスタッフに尋ねる。

「二つ口のわざは、ふたつの領域をつなぐこと。障害物や敵を遠くの場へ転移させたり、魔や災いを招いたりします」

「おそらく白糸さまは、あやつを塩釜の海へ戻すおつもりでしょう。しかし、あの巨大な神霊を飛ばすための力が足りるかどうか」

口々に答えるスタッフに、あやねは不安を募らせる。もし、白糸らが壱を転移させられなければ、太白がひとりで立ち向かわねばならなくなる。

太白の力はすさまじいが、鬼が神霊に敵《かな》うのだろうか……。

(白糸さんは、ちゃんと見てたんだ)

自分を襲撃した相手が、壱だというのを。

白糸は、正面から襲われたのだ。その事実を隠すため、二つ口の能力で体の前後を逆にして、傷を後頭部に入れ替えたに違いない。正面から襲われたから、重いポリッシャーで襲われてもかろうじて避けられて、あれだけの怪我で済んだのだろう。

〝さすがに溺れるだろうが……ああ、あやねどの、すまん〟

湯船に浮いていた白糸が起き上がったとき、怪我の痛みより溺れることを心配していた。そして、すぐにあやねを認識した。怪我で気を失っていたのに、周囲の状況を即座に認識できるのは不自然だ。明らかに、気絶したふり。

おそらく、なにがなんでも祝言を執り行うために、壱をかばっていたのだ。

いまごろ気づいても遅い。昨夜の違和感をもっと突き詰めるべきだった。そうしたら、太白が向き合う危険も防げたかもしれないのに……。

「あやね、なにがあったんですかにゃ！　太白はどうしたですかにゃ！」

本館へ通じる廊下を、小泉さんと少年姿のお大師さまが走ってくる。

「すごい物音がしたと猫ちゃんが騒ぐので駆けつけたである。いったい、なにが」

『すまぬ。我が眷属のせいだ』

甚兵衛が悔やむように答える。

『おそらく昨夜、白糸どのを襲ったのも壱だ。だが我らは館内を自在には動けぬ。それだのにいったい、どうやって』

「外から侵入したんですよね」

あやねが答える。金魚鉢にひしめく三匹はそろって見上げた。

「なかから侵入することばかり考えていたから、わからなかったんです。露天風呂である天空風呂は屋根もなくて、外の庭に面しています。露天風呂のバルコニーの真下で巨大化すれば五階にも乗り込めますし、脱出も容易ですから」

かたわらで見上げるお大師さまに目を移す。彼が五階の窓から飛び降りる際に巨大化したといったのを、あやねは覚えていた。

『お待ちください。確かに出入りするだけなら巨体がたやすいでしょう。ですが』

弐か参かわからないが、眷属の一匹が口をはさむ。

『露台の下まで行き、離れるには？　巨体で外を動けば目立ちまする。壱はしばらく中庭の池で我らと遊泳しておりました。露天風呂の露台は川に面し、中庭からは敷地を横断せねばなりませぬ。目撃するものも、きっといたはずです』

「単純です。二つ口のスタッフの方に運んでもらえば済む話で……」

あやねは声に詰まる。それはつまり、二つ口のスタッフが協力したということ。

しかし、契約結婚について知っていて、反対していたのは二つ口家の上層部のみ。

それ以外のスタッフが協力した理由は——なんだろう。

突如、シャアッ！　と小泉さんの鋭い警告の叫びが響いた。

あやねの背筋に寒気が走る。妖かしとなんの関わりもない人間のあやねでも感じる、恐ろしい気配。その気配が、やってくる。

小泉さんが毛を逆立て、フーッと唸《うな》り声を上げる。お大師さまは小さなこぶしを握ってあやねを守るように前に立ち、二つ口家のスタッフも息を呑んで身構える。

あやねは金魚鉢を抱きしめ、廊下の向こうを見つめた。

本館に通じる廊下の先。その暗がりから現れる、ゆらめく影。

「……っ！」

あやねは息を呑む。得体の知れぬその影は——。


祝言の間での太白と〝壱〟との力比べはいまだ続いていた。

壱は巨大なオオサンショウウオか四つ足の魚のような姿をしていた。その巨体で屋根や壁を壊し、しゃにむに内部へ入ろうとしている。白糸を狙っているようだ。

幸い祝言の間は独立した建物で本館の被害は少ない。とはいえ、手入れされた庭は壱の後脚で芝生は掘り返され、木々は蹴り倒されて、無残な有様《ありさま》だ。

太白は壱のこぶしを受け止め、流し、殴り、庭へ投げ飛ばしている。その腕は鬼には変容していない。まだ本気ではない証拠だ。それでも白糸へ突き進もうとする壱の力はすさまじく、立ち向かう太白のこめかみは張り詰めている。

背後では白糸と二つ口のものたちが並び、手を組み合わせて念をこめていた。彼らの頭上に黒々とした闇の空間が開こうとしている。

その闇のなかに、かすかに遠い海が見え、潮の香りがわずかに漂ってきた。

白糸が目を見開き、前後の口を大きく開く。潮風がさらに強くなる。間もなく〝口〟が開く。壱を相手に立ち回りながらも、太白はそれを感じ取る。

しかしその瞬間――太白は、恐ろしい形相で振り返った。

「あやねさん!?」

いましもその後頭部を壱の手が襲うが、太白は一瞥《いちべつ》もせずにがしりと片手で受け止めると、焦った声で白糸に叫ぶ。

「白糸さん、〝口〟が開くまであとどれくらいですか」

「どうした、太白！」

両手を組み合わせつつ白糸が怒鳴ると、太白は口早に返す。

「本館に異質な気配が入り込んでいる。あやねさんと甚兵衛どのが、危険です」

白糸は蒼白《そうはく》になる。

「くそ、わたしがいなきゃこいつを塩釜まで飛ばせねえ。けど」

「ここは僕が抑えます。どうかあやねさんたちを」

ぎり、と白糸は歯を食いしばるが、組んでいた手を下ろす。頭上の闇の空間は煙のようにしゅうと消えた。

「みんな、来い。侵入者を排除する。若いのは先行して館内を調べろ、老人どもは引き続きここで〝口〟を開く準備をしておけ！」

白糸は仲間に命令して身をひるがえし、半壊した祝言の間を走り出ていく。

それを見届けるやいなや、太白は壱のこぶしを受け止めた腕を引き、即座にもう片手で壱を殴り飛ばす。壱はたまらず瓦礫《がれき》とともに庭へ吹き飛ばされた。巨体が沈む地響きが、祝言の間まで伝わる。ガラスの破片を踏み、太白も外へ出る。

「もう時間稼ぎをする必要はありません。甚兵衛どのの許しもいただいています」

地面に倒れた壱へ太白は歩み寄る。その右手は、鋭く爪が伸びていき、血管が浮き出し、肌の色は赤黒くなり、ゆっくりと鬼の手へ変わっていく。

「あなたは、あの侵入者のための囮《おとり》だったわけだ。それを見抜けなかった自分に、僕はいま無性に腹が立っています。できればこの場で、あなたを」

太白の目が鋭く光る。その瞬間、スーツの片袖がはじけ飛び、右腕が凶悪で醜い鬼の手へと変貌する。整った唇の端から、凶暴な太い牙がのぞいた。

「……潰してやりたい」

壱が、びくりと動きを止める。まるで太白の鬼気に当てられたように。それを見つめる太白の脳裏に、あやねの声がよぎる。

〝気を付けて、太白さん！〟

距離を置こうとしたのに、彼女はこちらを気遣ってくれた。自分が逃げるよりも前に、甚兵衛と一緒に避難させるためにほかの眷属たちに駆け寄っていった。

あやねには優れた機転とひるまぬ心、そして、優しさがある。

(彼女の身に危険が及ぶ前に、早く)

太白は唇の端にのぞく牙を収めると、静かに壱へ語りかける。

「ですが、怒りのままに振舞えば僕はただの〝鬼〟でしかなくなる。あやねさんの隣に立つ資格がなくなる。ゆえにやめておきます」

『こ、の、半端……ものが。妖かしもどき、人間もどきめが！』

壱が四つ足で起き上がる。芝生に足をめり込ませ、四つ足の巨大魚は進む。

『神霊に敵うとでも思うてか。潰されるのは貴様だ』

「ですから、代わりにあなたを無力化し、あやねさんを助けに行きます」

壱の言葉をひとつも聞かず、太白は鬼の腕を掲げる。

「……一分で」

あやねは震えながら一歩下がる。腕に抱えた金魚鉢が揺れ、胸元が濡れた。

廊下の角から歩んでくる姿。それは、黒いワンピースに黒い帽子に、長い黒髪。忘れようにも忘れられない、高階の目下の敵。

(……藤田、晴和)

体が恐怖で強張って、声が出ない。

先月の百鬼夜行祭でも対峙した相手。あのとき襲ってきたのは、晴和が使役する思《し》業式神《ぎょうしきがみ》。上位の式神で、晴和の分身といってもいいものだ。だが太白による式神返し――わざの跳ね返しにより、晴和も大怪我を負ったはずなのに。

「誰だ、どこから入った」「部外者が入らぬよう、敷地周囲は警備していたのに」

二つ口のスタッフも踏み込み、口々に叫ぶ。

「あやね、逃げるですにゃ」

毛を逆立てた小泉さんが告げる。

「こいつは博物館で会ったやつと同類、使い魔のイタチですにゃ」

は、とあやねは目をみはった。使い魔の両手から、細く灰色の煙が上がっている。

晴和の使い魔は、イタチ。火の災いの前触れともいわれる妖かしだ。以前、仙台市博物館で遭遇したときも、この妖かしは火と煙を操って襲ってきたのだ。

「食い止めます。あやねさまたちはもうひとりに従って避難を！」

「駄目、火を使う相手です。ひとりでは危険です！」

前に出るひとりのスタッフに、あやねが叫んだ瞬間だった。

「っ！」

突如、使い魔の両手に真っ赤な火が生まれた。

「うわあぁっ！」

印を組んで口を開こうとしていたスタッフが火だるまになる。

そんな、とあやねは蒼白になる。もうひとりのスタッフは凍り付き、小泉さんも床に爪を立てて尻尾を逆立てて、お大師さまは小さなこぶしを握って身構えた。

廊下を転げまわるスタッフの隣を、使い魔がスカートの裾を閃《ひらめ》かせて歩む。

使い魔は冷酷な無関心さで、硬直するあやねたちに向かって両腕を掲げた。

ふいに小泉さんが飛び掛かり、その腕を叩き落とす。

「行くですにゃ、あやね、古狸！」

「猫ちゃん一匹では頼りないであるな」

というと、お大師さまが水干の袖をひるがえして走った。かと思うとその体が巨大化し、廊下の壁と天井とを破って、墨染の衣の巨大な法師へと変化した。

『我の一撃で吹き飛ぶがよい、イタチよ』

お大師さまの大きな手のひらが降ってきた。イタチは素早く飛び退《すさ》る。

「小泉スペシャルですにゃ！」

そういうと、小泉さんが壁を蹴って飛ぶ。かと見ると、イタチの体が宙に浮く。

次の瞬間、横合いからお大師さまの巨大な手がひらめいた。

恐ろしい音とともに、イタチはたまらず壁へと叩きつけられる。

「お大師さま、小泉さん！」「あやねさま、こちらへ」

女性スタッフが、いきなりあやねを抱き上げて走り出す。

「待ってください、小泉さんとお大師さまが！」

「すみません、わたしではあいつに立ち向かうすべがないんです」

スタッフは切羽詰まった声でいい返して走り出す。あやねはほかにどうしようもなく、その腕のなかで身を縮めた。スタッフは本館のなかへ駆け込み、廊下を駆け抜けて扉をいくつもくぐって渡り廊下に出ると、中庭へ飛び降りた。

「ど、どこへ行くつもりです」

「館内では火にまかれる危険があります。開けた場所へ」

スタッフはあやねにそう答え、池と木々、水路がめぐらされた中庭を走る。抱きかかえた金魚鉢の水が揺れ、三匹の魚たちがあわあわとひれを動かす。

「あ、あの、もっとゆっくり……甚兵衛さまたちが」

あやねがそういったとき、スタッフが引きつった顔で足を止めた。

はっと見ると、前方の池の端に、黒い帽子にワンピースの女性が立っている。その両手からは黒い煙が細く立ち上っていた。

（そんな、もう一匹いたの⁉）

『我が宮、どうかお逃げを』『ここは我らが』

金魚鉢から弐と参が跳ねた、かと思うと芝生に二匹の巨漢が降り立つ。

一匹は着流しに鱗の肌の身の丈三メートルはありそうな巨漢、もう一匹は四つ足のサメのような姿。壱とは似ていない。眷属といってもそれぞれ姿が違うようだ。

巨漢とサメが芝生を蹴ってつかみかかる。巨漢の腕とサメの大きな口が襲い掛かるが、イタチは身軽に避ける。その隙にスタッフは別方向へ逃げようとした。

『弐、参！』

甚兵衛の叫びにはっと見れば、弐と参の体が火に包まれていた。火中で身もだえする弐と参は、魚の姿に変わってしゃにむに近くの水路へ飛び込む。水中で火は消えたが地上に上がってこない。いまの火で怪我を負ったのか。

凍り付くスタッフとあやねに、イタチは向き直る。スタッフの腕が力なく下がり、あやねは金魚鉢を抱いたまま地面へと下ろされてしまった。

「てめえ、わたしの伴侶と客と身内になにしやがるよ！」

ふいに横合いからイタチに蹴りが食らわされた。驚くあやねの前で白糸がウェディングハットをむしり取って地面に叩きつける。血のにじむ痛々しい包帯が現れた。

「し、白糸さん!?」

「大丈夫か、あやねどの。遠くから火の手が見えたんで、全速力で走ってきたんだ。爺《じじい》どもを置いてきちまったけどな。てか、こいつ何者だよ」

白糸はイタチをにらみ据える。

「何者でもかまわねえか。二つ口の領内で好き勝手やりやがって、ぶん殴る！」

　というと白糸はイタチに飛び掛かる。だがイタチは紙一重で避けると、片手を掲げた。その手のひらから火が噴き上がり、火球が飛んだ。

「ぐっ、あっ！」

　白糸は避けるが上着の袖が燃え上がる。即座に彼女は上着を脱いで水路につけた。そして濡れた上着をこぶしに巻きつけ、振りかぶってイタチに向かう。

　イタチは飛び退ろうとするが、白糸の素早さが一歩勝った。その頰に白糸のこぶしがめり込み、次いで回し蹴りが食らわされる。

　イタチは吹き飛び、スカートを広げて地面に叩きつけられた。だが、即座に飛び起きたイタチの放つ火に白糸が繰り出した蹴りの足が包まれる。

「うっ、あああっ！」「し、白糸さんっ！」

　白糸は腕に巻いた濡れた上着をほどいて足を叩いて火を消す。それでも火傷を負ったのか、顔をしかめてがくりと膝をつく。

『やめるのだ、白糸どの』

　甚兵衛の声が響いた。

『そやつには敵わぬ。逃げてくれ、あやねどのだけ連れて』

「うるせえよ！」

白糸は強くいい返し、歯を食いしばって震える足で立ち上がる。

「ちゃんと守るっていっただろ。それが契約で、約束だって。だから絶対に守る。わたしの命に替えても、絶対にだ！」

その気迫にあやねが息を呑むと、白糸はつぶやいた。

「ああ、くそ。わざを使う隙さえあれば、こんなやつ飛ばしてやるのに！」

その言葉を聞いて、あやねは目を見開く。

（だったら、わたしが囮になれば……！）

甚兵衛の入った金魚鉢をスタッフに預けようと、あやねは振り返る。

「っ⁉」

とたん、あやねは凍り付いた。背後のスタッフが両手を組み合わせ、大きく口を開いていたのだ。その口の奥に景色が見える。顔の裏表、ふたつの口を開いているから向こう側が見えている――と思ったが、よく見れば見覚えのない景色。

（なに、なんなの、どういう……こと）

次の瞬間、その口からあふれ出る闇にあやねは呑み込まれる。

「あやねどの！」「あやねさんっ！」

白糸の叫びに重なって、遠くから太白の声が聞こえた気がした――。

は、と目を開けたとき、あやねは赤い欄干の橋に立っていた。甚兵衛の入った金魚鉢を抱いたままで。濡れた袖口から入り込む川風は、凍えるほど冷たい。

橋の入口は両側とも鎖で閉ざされ、「老朽化につき立入禁止」という立て看板が置かれている。欄干からこわごわのぞくと、鋭く切り立つ白い巨岩の渓谷が見えた。

どうやら、名取川の磊々峡にかかる橋の上らしい。ということは、二つ口旅館からさほど離れた場所ではなさそうだ。

(あのスタッフのひとが逃がしてくれたの？)

足音が響いた。あやねが振り返ると、目に入ったのは長い髪を縛った黒いスーツの男。二つ口のスタッフに思えたが、なにか見覚えがあるような気がした。

「よう、お久しぶりだな。俺のこと、覚えていてくれてたか」

声を聞いた瞬間、あやねは息を呑んだ。

間違いない、東京であやねを拉致したものたちの首謀者だ。しかもひとりではない。男の陰から、黒いワンピースと黒い帽子の使い魔のイタチが現れる。

「そん、な、そんな」

あやねはしがみつくように金魚鉢を抱いて一歩後ろに下がる。

そして身を返して逃げ出した。だが恐怖の上に着物と草履で上手く走れない。

ふいに黒いワンピースをひるがえしたイタチが眼前に現れて立ちふさがった。とっさに足を止めるあやねの後ろから、男の声が近づいてくる。

「ようやく、高階の半妖にお返しができるぜ」

「あ、あ、ああ……」

あやねは恐怖と絶望で声も出ない。男はあざ笑うようにいった。

「妹も上手い具合に飛ばしてくれた。祝言で警備が厚くて難しいと思ったが、あの女陰陽師が貸してくれたイタチのおかげだぜ」

「妹……女陰陽師、って」

では、あやねをここへ送り込んだあの女性スタッフは男の身内で、共謀者だったのか。そしてやはり、この件には晴和が噛んでいたのか。

「俺を追放した白糸の祝言はぶち壊せる。俺の力を封印した半妖の若造にも意趣返しできる。上手く行きすぎて怖いくらいだ」

男の声のさなか、あやねの肩に、そっとイタチの手が置かれる。

熱い手だった。馬鹿みたいに高い色留袖が焦げて、絹の焼ける嫌な臭いが漂う。あやねは恐ろしさで息もできず、震えるしかない。

男はあやねが抱く金魚鉢に目をやり、ニヤニヤと薄気味悪く笑った。

「ついでに神霊まで捕まえられるとはな。白糸もどういうわけでこんな小魚と縁組をしたんだ？　二つ口家が落ちぶれて自棄《やけ》にでもなったのかよ」

（契約結婚を知っての襲撃ではなかったの？）

呆然となるあやねの脳裏で、太白の言葉が響く。

〝襲撃で罰せられたものの身内には、遺恨が残っているかもしれない……〟

そう、彼はちゃんと危険性について言及していた。なのに、あやねは自分の違和感だけに目を向けて、襲撃犯は契約結婚に反対するものに違いないと思い込んで、それ以外の可能性に目を向けなかった。

もっと話し合えばよかった。契約を気にして、太白の反応を気にして、結局は太白に迷惑をかけてしまった。

「あの女陰陽師の手で、俺は封印された力を取り戻した。おかげでイタチどもを送りこめたってわけだ。さて、おまえはどうしてやろうか」

男はあやねの背後に近寄り、ささやきかける。

「もう一度〝魔〟を呼び出して襲わせて、今度こそ二度と正気に戻らないよう狂わせてやるかな。それとも……」

肩に置かれたイタチの手が、いっそう熱くなる。あやねの皮膚まで焦がすように。

着物は焼け、くすぶる細い煙が上がり始める。

「イタチに命じて、小魚もろとも焼いてやろうか。……ああ？」

ふいにあやねはイタチの手を振り払い、欄干に駆け寄って震える声で叫んだ。

「逃げて、甚兵衛さま！」

あやねは橋の下に向けて金魚鉢を逆さにする。こぼれる水とともに、魚は名取川へ落ちていった。見送るあやねの背中に、男の嘲笑が浴びせられる。

「魚だけでも逃がしてやろうとはお優しいな。じゃあ、遠慮なくおまえを」

男の声が途切れる。はっと振り仰ぐあやねの頭上に黒く巨大な影が差す。

突如、恐ろしいほど大きな黒い魚の頭が降ってきたかと思うと、あやねのかたわらに立つイタチを咥《くわ》え込んだ。半身まで呑み込まれたイタチは暴れて両手から火を放つ。

鱗の上を炎が舐めるが、魚は動じた様子もなく、イタチを咥えて仰向いた。

「な、な、なんだっ⁉」

男が怯えた声で後ずさり、あやねは呆然と見上げる。その頭上で、黒い魚——というよりよく見ればそれは恐ろしいほど巨大なシャチだ——は、炎をものともせず暴れるイタチをゆっくりと呑み込んでしまった。

驚きで動けない男を見下ろし、シャチは渓谷に響くような声でいった。

『川に流してやろうと思うたが、どこぞに流れ着いて人間たちに害をなすかもしれぬ。わしの腹に収めておくとしよう……おう、もう、限界か』

ふっとシャチの姿が消えた。霊力を使い果たしたのかなんなのか、甚兵衛は小魚の姿に戻り、橋の上でぴちぴちと跳ねている。

男が我に返り、恐ろしい形相になった。

「くそ、よくもこの小魚が。踏みつぶしてやる！」

「だめ、やめて！」

あやねは走り、魚の上に身を投げ出してかばう。そこへ容赦ない蹴りが入る。

「っ！」

横腹をいやというほど蹴られ、あやねは橋の床板に叩きつけられた。

息ができないほどの痛みに床に這いつくばってうめくが、さらに背中を激しく踏みつけられて、たまらずくずおれる。男の足が、あやねの背に強くめり込む。

「あっ、う……っ」

恐怖と痛みで、あやねは気が遠くなる。そこへ憎しみに満ちた声が降ってくる。

「散々コケにしやがって。弄ぶのはやめだ。いますぐ貴様に〝魔〟をぶつけ……」

次の瞬間、あやねの体に乗った足の重みが消えた――かと思うやいなや、すさまじい音が橋の上に響き渡った。

「……貴様」

地を這う低い声に、あやねは震えながら顔を上げる。

礼装のスラックスを履いた長い足が見え、それが橋の向こうへ歩んでいく。右の片袖は破れ、赤黒い肌の恐ろしい鬼の腕がのぞいていた。

(た、太白さん……!)

「よくも、あやねさんを」

太白の歩む先には、地面に倒れてうめく二つ口の男がいる。太白は大股で歩み寄り、這って逃げようとする男の襟首をつかんだかと思うと、

「うがっ!」

激しく、容赦なく殴りつけた。

男は橋の入口まで吹き飛び、地面にめり込むほど叩きつけられた。動けずにいる男を太白はまたつかみ上げ、木立にぶつける。木々が折れる音が響き渡った。

あやねは思わず悲鳴を上げそうになる。あまりに容赦ないやり口は、いつもの優しい太白とは思えない。しかもよく見れば変容しているのは腕だけではない。

太い牙はいまや口元から隠しようもなくのぞき、額からも角の片鱗《へんりん》がうかがえる。

こんなにも怒っている太白を見るのは初めてだった。理性も冷静さも失っているのか。

太白の鬼の腕が、這って逃げようとする男の首をつかみ上げる。

「……ぁ、が、ぐ」

首を締め上げられ、男の足が宙でばたばたと暴れる。自分の首をつかむ鬼の手を引っかくが、むろん傷ひとつもつかない。

苦しむ男を見る太白の唇の端が吊《つ》り上《あ》がる。にぃ、と、まるで笑うように。

「や、やめて。やめてください、太白さん……」

あやねは痛みをこらえて半身を起こす。怒りに我を忘れて暴力をふるう太白は見たくなかった。いや、誰かを傷つけることに喜びを感じる彼など、見たくない。

「わ、わたし、大丈夫ですから。お願い、太白さん、やめて！」

あやねの必死の声にも太白は振り返らない。男はついに、ぐったりとなる。

『──落ち着け、高階のせがれよ。本性がのぞいておるぞ』

甚兵衛の声が響いた。

はっと太白は声の方角へ顔を向ける。あやねも頭を上げた。黒い小魚は力なく橋の床板に横たわりつつも、静かに語りかける。

『その力は、伴侶を嘆かせてまで振るわねばならぬものか』

太白の手から力が抜ける。気絶した男が腕から滑り、地面にどさりと落ちた。とたん、太白は我に返ったか人間の姿へ戻り、うずくまるあやねへ急いで駆け寄る。

「あやねさん、大丈夫ですか。遅くなってすみません」

太白は膝をつき、あやねの肩に袖のちぎれた上着をかける。

「あなたが飛ばされてからすぐ、二つ口のものらの手を借りて行方を探知させたのです。いますぐ周囲を警戒している青葉のものたちを呼んで手当を……あやねさん？」

「……た」

あやねの唇から、震える声がこぼれ落ちる。次の瞬間、

「た、たい、太白さんの……、太白さんの、ばかぁあーっ！」

あやねは思い切り叫んだ。叫んだとたん、ぶわっと涙があふれ出た。太白は驚いて眼鏡の奥の目を大きくみはる。

「あ、あやねさん⁉」

「太白さんの、馬鹿、ばか、ばかあっ！」

あふれ出たのは涙だけではなかった。恐怖で縮こまっていた感情が、とめどなく流れ出た。爆発する感情は止められず、あやねは太白にそのままぶつけてしまう。

「か、か、勝手に名実ともに夫婦になろうとか、やっぱりやめようとか、わたしになにも話さないで距離を置いてみたりとか……わ、わたしの気持ち、考えてるようで、なにも考えてなくて、訊きもしないで決めつけてっ！」

「……あ」

言葉を失う太白に、あやねは叫び続ける。

「怖くないわけないじゃないですか。怖いに決まってますよ！　危ない妖かしも、先のわからない未来も！　だ、だ、だけど、だけどそれでも逃げ出さないのはっ！」

あやねの頬を、熱い涙が流れ落ちる。

「太白さんが、必ず助けにきてくれるって……信じてる、から……！」

（ああもう、ぐちゃぐちゃだ。メイクも落ちて、絶対みっともない顔してる）

そう思うけれど、あふれる感情は止められない。涙はあごを伝い、すっかり汚れて焦げた着物の上に、ぽたぽたとおびただしく落ちていく。

「……すみません」

太白の静かな声が聞こえ、あやねは抱き寄せられる。

「すみません、あやねさん。本当に、本当に心の底から申し訳ない」

「太白……さん」

優しく、けれどしっかりと、太白はあやねを守るように抱きしめる。

「あなたのいうとおりだ。僕はなにもわかっていない馬鹿で、どうしようもない愚か者だ。僕がすべて悪い。本当に……すみませんでした」

「……う、ふ、ふぇえん」

まるで子どものように、あやねは太白にしがみついてまた泣き出す。太白の広い胸と、温かい腕に抱かれて、やっと涙ではなく、安堵《あんど》が胸にこみ上げた。

『と、取り込み中、すまぬ』

いまにも消え入りそうな、か細い甚兵衛の声が割り込んだ。

『もう、だめ……み、みず……』

「甚兵衛どの⁉」「ああっ、す、すみません、甚兵衛さま!」

ふたりは抱擁を解き、橋の上で横たわる小魚へあわてふためいて走っていった。

◆

旅館に戻り、わずかながら落ち着いたときには、すでに夕暮れ。

あやねは手当てを受け、浴衣に着替えて、二つ口旅館の離れで休んでいた。

後始末のため、館内は二つ口のスタッフや青葉のものたちが忙しく行きかい、いまだ慌ただしい。

だが、離れは静かだった。太白が配慮してくれたのかもしれない。

あやねの怪我は軽い火傷と脇腹の打撲。小泉さんとお大師さまは幸い無傷で、周囲の警戒と捜索に加わってくれている。

弐と参は軽傷。甚兵衛は水に入れたら元気になった。

太白はスマホで青葉のものに後始末を指示しつつも、ずっとあやねのそばについていた。会話はなくても、彼の気配はあやねの心を安らげてくれる。

「どう詫びていいかわからねえ。こんな怪我をさせて」

白糸が離れを訪れ、あやねに謝罪した。しかし、そういう彼女こそ満身創痍《まんしんそうい》だった。大火傷《おおやけど》の片腕は三角巾で首から吊り、片足も包帯が分厚く巻かれて、松葉杖《まつばづえ》だ。顔半分にも包帯を巻いている。見るに堪えない姿で、あやねは痛ましくなる。

「今後のことは太白と相談の上だが、どんな罰でもすべて受ける。二つ口家を解体するのもやむなしだ。いや……そうするのが、むしろ当然だな」

「待ってください、そんな」

ベッドの上で身を起こすあやねは、思わず言葉に詰まる。

「わたしが襲撃してきた相手を黙っていたのが愚策だった。祝言を滞りなく行うことばかり考えていて、そのためにあやねどのを傷つけたんだ」

『ならば、我らにも責任がある』

甚兵衛の声が響く。

『壱の思惑に気づかなんだ。高階に敵対する陰陽師が壱に接触していたこともな』

甚兵衛たちが入った金魚鉢は、あやねのいる離れに置かれている。周囲を探索し、晴和の使い魔がいないとわかるまでは、一か所に守るべき相手を集めておいたほうが警備がしやすいと太白が主張したからだ。

「いいや、それでも、わたしにぜんぶ責任があるさ」

白糸は力なく首を振る。

「契約結婚なんて考えず、もっとほかの方法を選ぶべきだったんだ。甚兵衛どのにも、本当に申し訳ないことをした。破談に……させてくれ。すまん」

深々と白糸は、三つの金魚鉢に向かって頭を下げる。

「じゃあ、わたしはまだ後始末が残ってるから。邪魔したな」

白糸は松葉杖でソファから立ち上がる。太白が手を差し伸べた。

「大丈夫ですか、白糸さん。本館まで送りましょう」

「いや、いいって。あやねどののそばについててやれよ。じゃあな」

『白糸どの』

甚兵衛の声がした。白糸は金魚鉢に目を向ける。

『わしは、わし自身の意志で縁組を受けたのだ。たとえ契約であろうと、わしの名と立場を利用してのことであろうと、かまわんと。それは忘れてくれるな』

「……ありがとうな、ご老体」

白糸は哀しげに笑い、松葉杖をついて寝室を出ていこうとする。

「ま、待ってください。白糸さん」

あやねはとっさに声をかけて引きとめる。

「いま申し上げていいかわからないんですけど……ずっと考えていたんです。どうして白糸さんが、契約相手に甚兵衛さまを選んだのだろうって」

振り返る白糸に、あやねはためらいがちにいった。

「甚兵衛さまもおっしゃってましたけど、ほかにも相手はいたはずなんです。地位も、資金力もある相手が。なのに、どうして甚兵衛さまだったのですか」

「な、なぜって……そんなの、甚兵衛どのは神霊だし、単に昔に会ってたからだし。そういう、まあ、計算ずくの上なわけで」

どういうわけか焦り始める白糸に、あやねは言葉を尽くして話す。

「計算といっても、そこには感情の裏打ちがあります。お客さま相手の仕事で見てきましたけど、なんとなくだったり、理性的だったりしても、なにかを選択する上では感情があるんです。だから白糸さんが甚兵衛さまを選んだのは」

あやねは白糸の反応をうかがうように、そっといった。

「甚兵衛さまに、好意を抱いていたからなんですよね。そんな酷い怪我を負ってまで甚兵衛さまを守ろうとするほどに」

『なんと？』「なんですって？」「なっ……あ、あうう、えっと」

甚兵衛、太白のけげんな声のあとに、白糸のうろたえる声が続いた。

『ふむ。それはまことか。白糸どの』

「や!? あ、あの、だな」

甚兵衛の問いにますますうろたえる白糸を、あやねは真っ直ぐに見上げる。

「すみません、勝手に白糸さんの想いを伝えてしまって。でも、ご自分ひとりで破談を決めてしまうのでなく、おふたりできちんと話し合うべきではと。どんな形であれ、結婚はおふたりのことです。お互いが相手を思いやり、結びつきに不本意でないなら……一方的な決断は後悔になるって、思って」

白糸はあやねのまなざしを受け、金魚鉢へ目を移し、そしてうつむいた。しばし沈黙があったあと、彼女はようやく口を開いた。

「……昔、祖父さんに連れられて会ったとき、色々相手してくれたじゃねえか」

ぼそぼそとしたつぶやきが、あやねたちの耳に届く。

「子どものわたしにも、祖父さんと変わらねえ対応してくれて、面白い昔話もしてくれて。神霊つっても上から目線でもないし、二つ口のやつらと違って穏やかで落ち着いて、優しくて……いや、わ、わたし、なにをしゃべってんだ⁉」

『ふうむ、支離滅裂だが、あいわかった』

「なっ、なに面白がってやがんだよ、ご老体！」

白糸が真っ赤になって怒鳴ると、甚兵衛の笑うような声が寝室に響いた。

『白糸どのがよければ、破談はせずに頼みたい』

「ど、どうして……こんな、酷いことになって、迷惑もかけたってのに」

『誰からも忘れ去られていたわしを思い出し、選んでくれた。それで充分だ』

深く、優しく、じんと染みる声音。白糸を思いやる温かい響きに、あやねまでも心打たれるような心地になる。

『老い先短い身だが、それでもよければよろしく頼む』

「そんな……そんな、やだな。やめてくれよ、一応、新婚なんだぜ」

包帯の陰で白糸は目を伏せる。その目尻に、かすかに光るものが見えた。

「長生きしてくれよな、ご老体。それだけで、わたしはいいからさ」

◆

二つ口旅館を発《た》ったのは、翌日の昼のこと。

小泉さんとお大師さまは青葉のスタッフに送られて一足先に旅館を後にした。

「どうして別々に帰らねばならぬのであるか」

「あやねは大変な目に遭ったんですにゃよ。夫婦水入らずにしてあげるですにゃ」

といってお大師さまをなだめ、小泉さんは車に乗り込んでいった。

そんなわけであやねはいま、太白とふたりきりで車中にいる。

使い魔たちと襲撃首謀者の兄妹は青葉に送り、結界内にて幽閉して処罰を与える予定だ。特に兄のほうは二度目の犯行、いっそう厳しい罰になるはずだ。

太白に気絶させられていた壱は、甚兵衛が腹に収めた。太白と甚兵衛の許しがない限り、外には出てこられないだろう。

橋の上であやねは契約結婚のことを口走ってしまったが、甚兵衛からはなにもいわれなかった。水がなく息も絶え絶えで、こちらの話はよく聞こえなかったらしい。

「怪我の具合はどうですか、あやねさん」

運転席でステアリングを握りつつ、太白が尋ねる。

「平気です。痛み止めが効いてるみたいで」

「青葉へ戻りましたら、怪我が治るまで二、三日は休んでください。有給申請の処理はこちらで行っておきます」

「そんな、大したことないです。仕事も山積みですし、休んでなんて」

「これは上司命令であり、その……配偶者からのお願いでもあります。どうか」

真摯に案じる声でいわれて、あやねもそれ以上はいえなくなる。

「二つ口旅館と白糸さんは、どうするつもりですか、太白さん」

「歳星とも相談しますが、解体するしかないでしょう」

あやねは暗澹《あんたん》とした気持ちになる。二つ口家のために奔走した白糸が、哀れで仕方がない。そもそも晴和の介入がなければ、祝言も無事に挙げられたはずなのだ。

「とはいえ、諸悪の根源は藤田晴和です」

まるであやねの心を読んだように太白がいった。

「ただ解体するだけでは、また不要な怨恨を買う可能性がある。なるべく恩情をもって対応したい。たとえば高階のサポートで旅館経営を健全化させるとか、二つ口の一族を青葉グループで雇用するとか」

「そうですね。それなら、遺恨は少なくなると思います」

あやねは心ひそかに安堵する。

白糸と甚兵衛は好ましい性分だ。悲しませたくない、幸せに過ごしてほしい。

「といって、そう簡単ではないでしょう。後処理で、またしばらく僕は忙しくなりそうです。ですが、ちゃんと屋敷には帰りますので」

「はい、以前みたいに会社には泊まらないでくださいね」

ほっとして、あやねはにっこりほほ笑んだ。太白はしばし無言だったが、ふいにステアリングを切ると道路の路肩に寄せ、停車した。

「……太白さん？」

あやねは不思議に思って尋ねるが、太白は答えず、サイドブレーキを引いてハザードランプをつけてから、ふっと吐息した。

「青葉に戻れば、すぐに多忙になります。といって、どこかに寄る時間もない。車中で申し訳ないのですが、落ち着いてふたりきりで話せるのは、いまだけかと」

「なんの、お話でしょう」

あやねが訊き返すと、太白はフロントガラスを見つめて口を開く。

「昨日、あやねさんは指摘しましたよね。白糸さんの選択には、利害だけではなく、好意という感情があったのだと」

「え、ええ、はい」

「僕も……その、同じ、かもしれないと」

太白はステアリングを握り、目を伏せる。

「僕は高階の利益のために、理性であなたを選んだつもりでした。ホテルの業務に通じ、どの派閥や妖かしの家とも関係ない人間。僕を利用しようとする縁談をかわすための契約結婚にうってつけだと。……ですが、契約の条件を受け入れてくれる相手なら、誰でもよかったはずです。会ったばかりのあなたではなく。なのに」

ふいにあやねの胸がどきりと高鳴った。もちろん太白は気づかず、まるで自分のなかを見つめるように話し続ける。

「僕は、あなたを選んだ。たぶん、あなたを見たときから……あなたの有能さや、鋭い洞察力や、真実を見抜く力、それだけではない、初対面でも手助けを申し出るような、誰かを気遣える優しさ、僕を認めてくれる包容力を……つまり、僕は」

「た、太白……さん？」

「僕は、つまり僕は——最初から、あなたを好ましく思っていたのです」

どきん、と大きくあやねの心臓が跳ね上がった。跳ね上がって、そのまま鼓動が速くなっていく。どきどき、どきどきと、耳の奥で心臓の音が高く響く。

「ですから、その、要するにですね」

太白はステアリングに額をつける。苦しそうな声が伏せた顔から聞こえてくる。

「僕は歳星から、力を制御し、感情を律することばかり学んできました。常に冷静に、冷徹であれと。高階家の頭領として妖かしの上に立つなら侮られてはならないと。ただでさえ半妖です。常に自分を保つべきであると。それなのに、僕は」

ぎゅ、と太白はステアリングを強く握りしめる。あやねは鼓動が跳ね上がる胸を押さえ、懸命に耳を傾ける。

「あなたを前にすると、冷静でいられなくなる。あなたに近づきたい。でも、拒まれるのが怖い。だから離れる。けれど、ほかの誰かとあなたが心を通わせるのも見たくない。こんな、矛盾して混乱する事態は初めてです。自分の気持ちが、自分でもわからない。でも、あなたと名実ともに夫婦になりたい気持ちは……真実なのです」

（太白さん、本気……なの）

顔が熱くなる。心臓の音が胸からあふれ出そうになる。どうしよう、どうしよう、太白さん、わたしと本当に、本気で——。

「だから、ああ、すみません。白糸さんと同じだ。自分でなにをいっているのかわからない。ですが、本当に、僕は、あなたの……ことを」

らしくないしどろもどろっぷりでそういうと、太白は耳まで真っ赤になった。

「あ、あの、太白さん！」

あやねは衝動的に口を開く。

顔を上げる太白と反対に、あやねは恥ずかしさに顔を伏せる。耳どころか首筋まで真っ赤に染まり、熱くなる。

「たぶん、一足飛びに本当の夫婦とか、きっとまだ無理ですよね。その、お互い、もっと話し合ったり、知り合ったり、しないと。で、ですから、ええっと」

（わたしもなにいってるの？　わかんない、よくわかんない、ああもう）

けれど、太白を想う気持ちから、目をそむけたくない。未来が怖いからというだけで、太白と離れたくない、一緒にいたいという想いから逃げたくない。

怒涛《どとう》のような混乱に押されるままに、あやねは口走った。

「ですから、まずは……恋人から、始めませんか？」

4　逢《あ》いたいが情、見たいが病

土門《どもん》歳星（推定八百歳）は、悩んでいた。

青葉グランドホテル総支配人である彼は、外国人俳優ばりの彫りの深い面立ちに、目を引く体格のよさと長身、常に自信に満ちあふれ堂々とした態度の、印象強い人物だ。彼の前に立つと、誰もが圧倒される。

ビジネスでは、常に卓越した手腕を発揮してきた。前総支配人高階啓明のもとで、いくつもの新規ホテルやリゾート施設をオープン。不動産の買収も大きく進め、青葉グランドホテルグループを上場へと導いた評判のやり手である。

しかしてその正体は、何百年も生きる大天狗《おおてんぐ》。彼がいることで、高階に叛意《はんい》のある妖かしへの抑止力ともなっているのは確かである。

そんな、悩みとは無縁そうな彼が悩んでいた。

「歳星、どうしました。そんな不機嫌な顔をして」

悩みの原因は——目の前にいる男、高階太白。

歳星は、高階の次期頭領であるこの太白の教育係だった。

太白の父親は鬼だが、母親は人間。その母親は太白が十歳のときに病で亡くなり、直後に父親が出奔。その後、歳星はほぼ親代わりとして彼を教育してきた。傲岸不遜な歳星だが、自分の教育の成果である太白の能力には誇りを持ち、並々ならぬ期待を抱いている。その、教え子が――。

「朝から不機嫌な顔をするものではありません。こんなにいい天気なのに」

歳星は、総支配人室の窓へ目を移す。窓ガラスの外は十二月の曇り空。ひときわ冷え込む今日は、いまにも雪がちらつきそうに重い灰色だ。

いい天気とは、なにか。

歳星の眉間に深いしわが刻まれるのに気づいた様子もなく、太白は話し続ける。

「今夜は取引先と打ち合わせで会食でしたね。その前に僕はフラワーショップへ寄るので、現地に直接向かいます」

「フラワー……ショップ？　なんのためだ」

「もちろん、あやねさんへの花を買うためです」

花。――花？　歳星は自分の耳を疑う。

これまで太白が取引先相手以外、私的に花など買ったことがあったか？　しかも、仕事の途中で抜け出すような真似をしてまで――？

「今日からあやねさんが仕事に復帰したので、お祝いです。クリスマスフェアの準備で忙しく、自宅で祝うことはできませんが、せめて花だけでも贈りたくて」

「お、おおう……」

歳星は、うめき声のような返答しかできない。

「ところで、先月にあった二つ口家の件について報告があるとのことでしたが」

「あ、ああ。おまえに頼まれた藤田晴和の行方についてだ」

歳星は気を取り直し、険しい顔で話し出す。

「使い魔のイタチは強固な主従契約で縛られて口を割らなかった。放せばまたこちらを襲うだろうから、処分するしかない。向こうの戦力を削《そ》ぐためにも必要だ」

「……仕方ありませんね」

太白は眉を曇らせる。歳星は叱咤《しった》するようにいった。

「哀れみなどという甘さは捨てろ。それで、だ。晴和は十月末、大怪我を負って東京で入院していたが、傷が癒える前に病院を抜け出し、行方をくらましたらしい」

「では、そこから暗躍していたのですか」

「いや、前から周到に種は蒔《ま》いていたはずだ。それを刈り取りに行っただけだろう」

ふん、と歳星は鼻を鳴らして椅子の背もたれを揺らす。

「宮城県内に潜伏しているのは間違いない。だが百鬼夜行祭のときのように、これ見よがしに姿を見せるような真似をしていない。そのくせ、様々な妖かしのものめごとに関与している。より陰湿で巧妙だ」

「祖父が彼女に同行しているのでは。どれだけ優秀でも、彼女はよそ者です」

太白は冷徹に続けた。

「であれば、見とがめられずスムーズに動けるのも、妖かしの天敵であるはずの陰陽師がもめごとに関与するのを許されるのも、納得できます」

「確かにな。しかし、啓明も姿を見せていない。どこかに潜伏し、晴和を手駒として使っているとも考えられる」

歳星は椅子を揺らしつつ答える。太白はさらにいった。

「彼女の動向を追うと同時に、祖父の潜伏先を探る必要があります」

「いいだろう。啓明相手なら狐どもだけでは手に余るな、俺の身内も使ってやることにしよう」

「……あなたがこちら側についてくれて、心底助かります」

「なに、啓明側についてもいいんだ」

にやり、と歳星は含み笑いをする。

「だが、おまえはこの俺が直々に教育した。その成果をむざむざ投げ出すのもつまらん。長庚にもおまえを頼まれていることだしな。いい換えるなら」

歳星は太白に指を突き付ける。

「俺を失望させるなよ、太白」

「肝に銘じます」

太白は頭を下げると、腕時計を確認する。

「十時から会議です。あなたも出席でしたね」

「ああ。そのあと、久しぶりに昼飯をどうだ」

「いえ、遠慮します」

というと太白は、表情を一変させた。

「あやねさんと、ご一緒する約束ですので。店の貸し切り予約も済んでいます」

「え……お、おう……だ、だが、いままであいつとランチなどともにしていたか？　わざわざ貸し切りまでして？」

「大切な方と少しでも同じ時間を過ごすのは、いつだって必要ですよ、歳星」

そういって太白は「それでは」と出ていった。

歳星はなにもいえず、呆然と閉まるドアを見つめる。

いったい、どうしたんだ、あいつは。俺が教育し、常に冷徹であれ、威厳を保てと厳しく教え込んだあいつに、なにがあった？

太白は——晴和と啓明の話をしたとき以外は、ずっと——嬉しそうにほほ笑んでいたのだ。まばゆいばかりの、幸せオーラを振りまいて。

◆

「はあ……久々に出勤すると、ちょっと疲れるな。うーん」

大きく伸びをしつつ、あやねは高階の屋敷の門をくぐる。

秋保温泉から帰宅したあと、あやねは入院した。怪我の具合はさほどでもなかったけれど、一連の騒動による精神的疲労とダメージのせいか、倒れてしまったのだ。

入院期間は一週間。大事を取り、太白の手配で退院後も自宅療養となった。太白はひどく心配して、業務に加えて二つ口家の後始末で忙しいのにもかかわらず、屋敷に戻ってあやねの様子をうかがい、食事も一緒に取ってくれた。

ということで十二月に入ってから数日後の今日、やっと仕事に復帰できたのだ。

「ただいまです。遅くなっちゃったな」

玄関を開けてあやねは独り言のように声をかけた。太白は会食と聞いているから、帰宅はまだだろうな……と思ったとき、

「お帰りなさい、あやねさん!」

奥から私服姿の太白が足早にやってくる。まるでご主人さまを出迎える犬のような、喜び満ちあふれるきらっきらした笑みで。

なに、まぶしい……。あやねは無意識に目を細める。

「た、太白さん? あれ、もうお帰りだったんですね」

「必要な事柄だけ確認して会食は切り上げてきました。体調はどうです」

太白は不安そうな顔でいった。なんとも、子犬みたいである。

「帰りが遅いので心配していました。部署まで迎えに行こうかと思っていたくらいです。よかった、無事な帰宅で」

「過保護ですよ。もう平気ですってば」

あやねは小さくガッツポーズして見せるが、太白の心配顔は変わらない。

「いや、過信はいけない。病み上がりなのですから。食事は?」

「まだです。でももう遅いし、お腹もそんなに空いてないので、いいかなって」

「食事抜きもいけない。用意させますから、きちんと食べてください」

どうぞ、と太白は手を差し伸べる。あやねが靴を脱いでからその手を取ると壊れモノを扱うような優しさで握り返し、太白は居間へ向かった。

「えっ、ポインセチア？　素敵！」

リビングに入ったとたん、あやねは目をみはった。

キャビネットに置かれていたのは、鉢植えの真っ赤なポインセチア。見るからに華やかで、祝祭前の浮き立つ空気が生まれている。

「クリスマスですし、あやねさんの快気祝いも兼ねて買ってきました」

「そんな、今日のランチもお店貸し切りで快気祝いしてくださったのに」

「あなたが回復して嬉しいのです。ささやかなお祝いだけでも、どうか許してもらえないでしょうか。それとも、ご迷惑ですか」

「い、いえ、そんなこと、まったく」

「よかった。あなたが元気なら、それだけで僕には喜びなのです」

きらきらっ、きらっ。

という効果音がちりばめられた笑みをまた向けられて、あやねは呆然となる。

うおお、まぶしい……。なんというイケメンイルミネーション……。君が聖夜のクリスマスツリーだよ……。

ただでさえ全力のイケメンぢからにダダ洩《も》れる幸せオーラまで載せられて、あやねはこの場で浄化されてしまいそうになる。

「あ……はい、えっと、そう、ですね……。着替えて、きます」

「ええ、そのあいだに食事の支度を済ませておきます」

きらきらの笑みに見送られ、あやねは魂を抜かれた心地で自室へ向かう。

手を洗い、部屋着に着替えて化粧直しをして出てくると、太白がテーブルにお盆を載せているところだった。

「鮭《さけ》と卵の雑炊です。食欲はなくても、これなら食べられるかと」

お盆には小鍋と小鉢。小鉢の中身はきのこの温やっこだ。疲労でさほど食欲はなかったが、せっかくの心遣いなので、あやねはいただくことにした。

「ん、んん〜、甘柿さん、ほんとに腕がいい」

食欲がなかったはずなのに、雑炊を口にしたとたん、あまりの美味しさにあやねはうめいた。雑炊は出汁《だし》が効いた優しい味。鮭と卵というありきたりな具材だからこそ際立つ、丁寧で絶妙な味付け。きのこの温やっこも体の芯を温めてくれる味だ。

「ごちそうさまでした。ああ、美味しかった。さすが甘柿さん」

気づけば小鍋も小鉢も綺麗に空になっている。

ふと目の前を見ると、太白がまた、まばゆい笑みとあふれる幸せを投光器みたいに真っ直ぐ投げかけていて、あやねは浄化どころか蒸発しそうになった。

(た、太白さん、どうしちゃったんです⁉)

療養中はいつも心配そうな顔をしていたし、回復してきた辺りはさすがに太白も多忙であまり顔を合わせられなくてわからなかったけれど、太白はこんなにふわふわきらきらしていただろうか？ いつもの冷静沈着な彼はどこに？

混乱しきるあやねに、太白は笑みを絶やさず話しかける。

「食欲があるようで、ほっとしました」

「はい……えへへ、お腹空いてないなんていったくせに、お恥ずかしい……」

「いいえ、いいことです。デザートはどうですか」

「あるんですか？」

現金なもので、あやねはつい顔を輝かせてしまう。もちろん、といって太白は可愛いガラスのデザートカップを差し出す。

「冬の和菓子、淡雪かんです。むろん甘柿さん手作り」

「やったあ、いただきます！」

添えられた木の小さじを取り、あやねは真っ白な淡雪かんをすくう。

「お、い、し、いいい」

小さじを握り、あやねはうめく。口のなかに入れたとたんふわりと溶けて、まさに淡雪。上品な味のなかにあるレモンの風味がさわやかだ。

「甘柿さん、勾当台公園の出店に参加してくれないかな……」

淡雪かんをじっくり味わいながら、あやねはつぶやく。

今月の二十日から二十四日までの五日間、青葉グランドホテル近くの勾当台公園で、クリスマスマーケットが開かれる。

このクリスマスマーケットに、青葉グランドホテルのレストランが出店することを、あやねは提案していた。目的は、レストランの新メニューのテストと、そして、マーケットを主催する各企業との関係強化。

一流ホテルである青葉が参加すれば、客寄せになる。微妙な表現にはなるが、そうして顔をつなぎ、恩を売ることで、企業との取引を確実にさせる狙いだった。

というわけで、急遽ねじ込んだプランだったが、無事に事業統括部長である太白や、総支配人の歳星の承認を取り付けられ、準備は急ピッチで進められている。

「甘柿さんですか……どうでしょう。表にはまったく出たがらない方ですから」

あやねのつぶやきを聞き取って、太白が答える。

「甘柿さんて、どういう方なんです？」

「実は、僕も直接顔を合わせたことはないのです。江戸時代の中頃から高階家に仕えている妖かしなのですが、なかなか謎めいた方ですね。しかし、料理の腕は間違いありません。僕の好みもよく把握してくれています」

そういえば、太白の朝のパンケーキも甘柿が手がけているはずだ。

亡き母が作ってくれたから、いまだ朝食はパンケーキと決めている太白。そんな思い出の味に敵うなら、やはり腕前はかなりのものなのだ。

「厨房《ちゅうぼう》を預かっているのでしたら、白木路さんの一族なんですか」

「違う、ということだけは知っています。父なら、僕よりずっと甘柿さんとは長い付き合いですからいくらか知っているとは思いますが」

そういえば結局、太白の父、長庚とはいまだ会えていない。

「わたしの体調がよくないせいで、お父さまとの面会が延ばし延ばしになってますね。すみません……お祖父さまの行方を早急に探さなくてはいけないのに」

「急ぐ話ではありません、お気になさらず。あやねさんさえよければ、近日中に」

そういうと太白は腰を上げ、食器を片づけ始める。

「あ、いいです、いいです。わたしがやります」

「今日はもう遅い。あやねさんは休んでください。僕はこれから青葉のものたちと、祖父や晴和の捜索についての報告を受けに行きますので」

「そんな、太白さんだってお疲れでは」

「大丈夫です。あやねさんの顔を見ると、僕は元気になれる」

太白は、心の底から幸せそうな、満たされた笑みで告げる。

「あなたと出会う前は、食事はただの栄養補給でしかなかった。ですが、いまはあなたが嬉しそうに食べる姿を見るだけで満たされます」

呆然となるあやねを見つつ、太白はにっこりと美しいほほ笑みを浮かべる。

「では、お休みなさい。また明日」

「へ、は、はひ……お休み、なひゃい」

全開の幸せイケメンビームに当てられ、あやねはふにゃふにゃになってしまう。

太白が食器をワゴンに乗せて出ていくのを見送り、あやねは夢見心地で自室に戻って、ぼんやりしたまま着替えを持ってバスルームに向かう。

なんなの、太白さん……。どうした、太白さん……。確かに、これまでもふたりきりでいるときは、ふだんの冷静さよりは穏やかだったし、よく笑みを浮かべていたけれど、あんなふうに全身で喜びオーラを出すことなんて、なかったのに。

と思ったとき、はたと記憶がよみがえる。

〝恋人から、始めませんか〟

秋保温泉からの帰りの車中で、あやねはそう告げた。そのあと具合が悪くなってしまったので、それ以上のことはなにもなかったのだけれど。

（もしかして、〝恋人〟になったから、ってこと？　あの幸せオーラは？）

思い当たったとたん、ぼん、と爆発するようにあやねは真っ赤になった。

「え、えええ？　そ、そう、なの？　そ、そういう、こと？」

うわああ、とあやねは着替えを抱いて洗面所の床にしゃがみ込む。

なんて素直で、わかりやすいというか、可愛いというか。

（じゃあ、わたしが回復したから、これからは恋人……として過ごすわけ？）

太白の全力イケメンぶりを思い出し、恥ずかしさと照れくささで、あやねは洗面所でのたうちまわりたくなってしまう。

「と、とりあえず、お風呂入ろう。明日も忙しいし」

気を取り直して風呂場に入るが、入浴の最中も、髪を乾かすときも、スキンケアをしながらも、あやねは心ここにあらずでぼんやりと考える。

恋人。恋人同士。そっかあ、恋人……かあ。

太白に負けず劣らず浮かれているのにも気づかずに、あやねはふわふわした心地でベッドに入り、こそばゆいような気持ちとともに眠りに落ちる。

明日から、恋人同士。目覚めれば、太白と恋人としての生活が始まるのだ。

——と、そう思っていたのだけれど。


「あやね！　久しぶりなのである！」

ブライダルの打ち合わせの客を外まで見送り、あやねが青葉グランドホテルのエントランスへ入ろうとしたとき、車寄せに停めた車から少年姿のお大師さまが駆けてきた。後ろから、運転手兼ボディーガードの桃生が会釈しつつ歩んでくる。

療養中のあやねをそっとしておくために、お大師さまと小泉さんは、高階の屋敷から狐の使用人たちが住まう領域へ移った。

あやねが回復してからも、啓明や晴和の行方の捜索や対策要員として狐とともに住むのが便利とあって、いまだ同居復活には至っていない。

「お大師さま、そちらの生活はどうですか」

「悪くないのである。松島で我と狐は対立したが、高階の狐は情が深く気がいいのである。……とはいえ」

お大師さまはあやねを見上げる。

「あやね、体調はどうであるか。元気がないように見えるのであるぞ」

「え、そうですか。体調は問題ないですよ」

「ならばよいのであるが。太白も、相変わらず忙しそうであるからな」

お大師さまは背後に控える桃生を振り返る。

「今日は松島まで様子を見に行ってきたのである。久しぶりに住処《すみか》を見回ったが、我を陥れようとした狐どもは、一族ともとを分かって姿を消していたのである」

「松島の狐一族全員、ってわけじゃなかったんですね」

「陰陽師に扇動されたのは一部らしいのである。とはいえ太白の話によると、行方が知れぬのは事態を深刻にしているようであるな。まあ、あやねは心配せずともよいのである。太白と歳星に任せておくがよい」

あやねはほほ笑みつつ、こっそり吐息する。クリスマスフェアまで、残すところ一週間。いい換えれば、太白を明確に〝恋人〟と意識してから二週間が経《た》った。

――だが。だが、である。

なにも！　ない！

恋人らしいことが、なにひとつ！　ない！　……のである。

あやねが忙しいのはもちろん、太白は通常業務に加えて晴和と啓明の捜索の指揮、さらに各地で小規模ながら妖かしのもめごとが頻発、その仲裁・解決で飛び回っている。必然的に、ほとんど屋敷に帰れないし、帰らない。

一緒に食事どころか直接の会話もあまりなく、すれ違いもいいところ。

隙間時間を縫い、外で待ち合わせて一度か二度ランチをしたが、太白は相変わらず幸せオーラのきらきら視線で嬉しそうにあやねを見つめるだけ。

スキンシップどころか、手を握ることさえしない。恋人だからといってことさら触れ合ったりする必要もないけれど、しかしそれにしても、なにもなさすぎる。

恋人とは、なんぞや。という哲学的疑問にあやねはぶち当たっていた。

（いやまあ、太白さんが幸せそうだからいいんですけど？）

社内でも上機嫌らしく、太白の冷静沈着ぶりを見てきた社員らの度肝を抜き、もしやあやねがご懐妊⁉　とうわさになっているが、実際は懐妊以前の問題だ。

と思ったところで、ある可能性に気づく。

「はっ、もしかして太白さん、〝恋人〟になったたって事実だけで満足してる⁉」

それはあまりにも、欲がなさすぎるのでは⁉

「どうしたであるか、あやね。ひとりでぶつぶつと」

「はわっ⁉　い、いえ、なんでもないですよ、それじゃ、わたしは仕事に……」

　はたとあやねは言葉を呑む。

　車寄せに停まるタクシーから降りた女性の大声を、耳にしたのだ。

「ここなのねえ、青葉グランドホテルって。でっかいわあ、大名古屋《だいなごや》ビルヂングくらいあるかしら」

　あやねは眉をひそめた。

　聞き覚えのある声だが、まさかここにそのひとがいるはずがない、との想いで確信が持てない。そう思ったとき、

「あらあ、あやね！　仕事中じゃないの？　どうしてここにいるの？」

「え……っと」

　名前を呼びかけられて、あやねは振り返る。そこに立っていたのは、派手な辛子色のストールと花柄のスーツを着た中年の女性。

　あやねは驚愕《きょうがく》して、たまらず叫んだ。

「お、お、お母さん⁉　どうして、ここへ！」

◆

「あらあ、なかも広くて綺麗ねえ。素敵」

ロビーラウンジで周りを見回して、あやねの母は感嘆の声を上げる。

花籠みちよ、六十歳。名古屋《なごや》で看護師をしている。看護師長の役職のためずっと忙しく、あやねの結婚お披露目のパーティにも来なかった。

早くにあやねの父である夫を亡くし、女手ひとつであやねを育ててきたためか独立独歩の気概が強く、契約結婚にも「あやねの選択だから」と干渉しなかった。

「今月末付で定年退職で有休消化中なの。やっとのんびり旅行する暇ができたわ」

にこにこしながら話すみちよに、あやねはちょっと口を尖らせる。

「知ってるよ、ちゃんとプレゼントとカードを送ったでしょ。でも宮城までくるって話もしてくれればよかったのに。青葉に部屋を取ったし、観光案内も」

「そんなの窮屈だわあ。自由に好きな場所に行って、好きに見て回って、好きなもの食べたいの。ここに寄ったのも、あなたの職場をちょっと見たかっただけ」

はあ、とあやねは吐息する。昔から母は、こんなふうにマイペースだ。

「旅行はひとりで？」

「ここまではね。南三陸町《みなみさんりくちょう》に友だちがいるから、そこまで行って会うつもり。せっかくだし、クリスマス辺りまで宮城に滞在してあちこち行ってくるわ」

「タフだなあ……」

あやねが嘆息すると、みちよは紅茶のカップを置いて尋ねる。

「仕事は？　忙しいんでしょ？」

「少し休憩取らせてもらった。お母さん放ってはおけないもの」

「あら、じゃあ、さっさと退散するから放っておいて。そういえば、あなたも月末誕生日じゃない。おめでとう、二十八歳」

「アラサーなんて、そろそろおめでとうでもなくない？　でもありがとう」

（……年を取ることに、抵抗があったわけじゃないけれど）

長命の妖かしである太白と離れていく感覚。それをいま、あやねは意識してしまう。

「なんと、あやねは今月が誕生日なのであるか⁉」

後ろの席でケーキをぱくついていたお大師さまが、ソファ越しに立ち上がる。

「ならば、盛大にお祝いせねばならぬな。なあ、桃生」

「あら、そうそう、こちらは？」

　みちよが尋ねると、お大師さまは張り切って手を上げた。

「うむ！　我は松島のお大師……」

「た、太白さんの親戚の子です！　すみません、ちょっと！」

　あやねはあわてふためいてお大師さまを小脇に抱え、後方で待機していた桃生の手を引いて、ラウンジの隅まで走る。

「どうしたであるか、あやね。なにを焦っているのである」

「あやねさま、なにかまずいことでも？」

　けげんそうなお大師さまと桃生に、あやねは声をひそめて答える。

「実は、太白さんたちが妖かしだってこと、母にはいってないんです」

　お大師さまと桃生はそろって目を丸くする。

「ならばよい機会であろう。ここで打ち明ければよいのである」

「だ、駄目です！　それはちょっと」

　あっさり指摘するお大師さまに、ますますあやねはあわてふためく。

「急にいってても信じてもらえないかもですし、わたしのタイミングで伝えたいですし、太白さんにも相談しないとですし」

「ふうむ、そういうものであるか」

お大師さまがそういうと、みちよの声が響き渡った。

「じゃあねえ、あやね。お母さん観光行くから。お茶代置いとくわよ」

「ちょ、待って、待って！　せめてどこに泊まるとか日程とか……」

ラウンジから出ていこうとする母に、あやねはあわてて走っていく。

「うむ、なかなか面白い御仁であるな、あやねの母御は……ん、どうしたであるか、桃生。そんな難しい顔をして」

「いえ、太白さまに進言したほうがいいと思いまして」

エントランスから出ていくみちよを見つめ、桃生は眉をひそめてつぶやく。

「あやねさまのお母さまに、身辺警護をつけるべき、と」


咲き乱れる淡い桃色の夏水仙の庭を、太白はひとり歩いていた。

頭上は高い青空。気温も穏やかで、どう見ても十二月とは思えない。

ここは高階の屋敷の一角、白木路が作り上げた結界内だ。もてなしのためというより、厄介な客を隔離するための場である。

やがて太白の行く手に小さな屋敷が現れる。その屋敷の縁側に、着流しの男性が腰掛けていた。彼の片腕は肘から先がなく、空っぽの袖が垂れ下がっている。

肩まで届く黒髪、怜悧な美形。太白に面影は似ているが、冷たい刃《やいば》のごとき顔立ちには人外の気配がずっと色濃い——太白の父、長庚だ。

「父さん、体の具合はいかがですか」

太白が呼びかけるが、長庚は目も上げずに夏水仙をじっと見つめている。

「なぜ、一言も話してくれないのです。もしや、祖父になんらかの術を？」

むろん、答えはない。太白は聞こえないような小さな声でつぶやく。

「訊きたいことはいくらでもあります。なぜ祖父に与《くみ》したのか、なぜ僕をかばったのか、祖父の行方や目的は知っているのか……いや、そんなことはどうでもいい。本当は、ずっと訊きたかったことがあるのです」

太白は父の視線を追う。空疎で、なにも見ていないようなまなざしを。

「なぜ、母が亡くなったあと出ていったのか。——まだ幼かった僕を、置いて」

夏水仙が揺れる。恐ろしいほどの沈黙が訪れる。いつまで経っても、長庚の答えは沈黙を破ることがない。ふう、と太白は深々と息を吐いた。あきらめの吐息だ。

「僕の配偶者を連れてこようと思いましたが、やめることにします。僕を顧みないあなたを父と紹介するのは不本意ですし、彼女に対しても誠実ではない」

太白は会話を打ち切り、会釈して背を向ける。

「……いつまでも、ともに過ごせると思うな」

は、と太白は振り返った。確かにいまの声は長庚だったが、彼はまるでなにもいっていないかのように無表情だ。

「僕が妖かしで、彼女が人間だから、ということですか」

太白は尋ねるが、長庚は答えずに縁側から立ち上がり、息子に目もくれず屋敷のなかへ入っていく。太白は静かに吐息して今度こそ身をひるがえす。

夏水仙の庭を歩き出したとき、ポケットに入れたスマホが鳴った。

「ああ、あやねさん！　どうしました、業務中に。僕は嬉しいのですが」

太白はいままでの沈んだ表情を一変させ、声をはずませて応答する。

「お母さんが？　わかりました、早速ごあいさつに……え、もう観光に出ていった？　ではすぐに車でご案内を……断られた⁉」

太白は混乱気味に応答しつつ、足早に歩いていく。

屋敷の柱の陰から、長庚がその背を見送っているのも気づかずに。

その夜、青葉グランドホテル七階にある懐石料理店「華苑《はなぞの》」に、あやねは母を招いた。ここは全席個室、宿泊者限定かつ予約必須の高級料亭である。

屋内にもかかわらず植樹されて小川が流れる坪庭があり、料理はむろんミシュランの星がつく絶品。知る人ぞ知る名店である。

「お招きありがとうね。まあまあ、こんな立派なお店でなくてもいいのに」

あやねの母、みちよは掘りごたつの席に腰掛けて個室内を見回す。

対面に座るのは、いささか緊張気味の太白とあやね。リニューアルオープン前ではほかに客はおらず、接客スタッフもわずか数名。太白が妖かしと暴露される可能性は低いが、不用意でバレないとも限らず、あやねは落ち着かない。

「お酒は食前酒だけで結構よ。うっかり酔ってホテルに帰れなくなったら困るもの」

「いえ、きちんとお送りしますので、ご安心を」

太白がすかさずいうと、みちよは「ありがとう」とほほ笑む。

「明日から放っておいてくれて大丈夫だからね。ふたりとも忙しいでしょ」

「お母さん、そんな、せっかく久しぶりに会ったんだから」

「若い夫婦のお邪魔はしたくないのよお」

金箔《きんぱく》を浮かべた三宝柑《さんぼうかん》酒のグラスを空けると、太白が居住まいを正す。

「改めまして、ごあいさつを。初めてお目にかかります、高階太白です。顔合わせもせず結婚を決めて、ここでお詫び申し上げます」

「ご丁寧に。こちらこそ、ごあいさつもろくにしないままで失礼いたしました」

頭を下げる太白に、みちよも頭を下げる。

「でも、気にしないでね。お披露目会に出なかったのはわたしの都合だし、あやねは昔からしっかりした子で、そのあやねが決めた相手なら間違いはないわあ」

「お、お母さん。それは買いかぶりだって」

「買いかぶりじゃないわよ。だってわたしの娘だもの、当然でしょう」

久しぶりに聞く自画自賛な言葉に、あやねはつい笑ってしまう。

やがて料理が運ばれてきた。接待や打ち合わせでホテル内のレストランを使うことは何度もあるが、今日はあやねの母が客ということで、いつもよりいっそう丁寧な味付けに思えた。みちよも目を輝かせて箸を運んでいる。

「このお椀《わん》、美味しいわねえ。鮟肝《あんきも》？　盛り付けも綺麗だわあ」

みちよが漆塗りのお椀から汁を一口すすって、感嘆の声を上げる。お椀は懐石料理のなかでもっとも料理人の腕がわかる一品だ。甘柿の手による美食を毎日いただいているあやねでも、染みるような味わいについ我を忘れてしまいそうになる。

「差し出がましいとは思いますが」

お造りが出て、宮城の旬の魚の盛り合わせを堪能したあと、太白が口を開く。

「青葉に部屋を取りますから、移っていただけませんか」

「あやねにもいわれたけれど、ごめんなさいね、気を遣っていただくと、逆にこっちが気を遣うから。やっと楽しみにしてた老後なのよ。わたしの好きにさせて」

「では、せめて連絡はあやねさんと絶やさないようにしてください」

太白がやけに食い下がるので、みちよは苦笑する。

「あやね、太白さんて心配性な方なのねえ」

「わたしだって心配だよ。お母さん、ひとりにすると好き勝手動いて迷子になるもの。あのですね太白さん、わたし、迷子センターに何度も呼び出されたことあるんですよ。わたしじゃなくて、お母さんのほうが迷子になって」

「何度もって大げさ。迷子じゃなくてはぐれたのよお、ほんの一回か二回か三回」

「三回もあったら充分じゃない」

おほほほ、と笑うみちよにあやねは「もう～」と脱力する。

「仲がいいのですね、うらやましいことです」

穏やかにつぶやく太白に、あやねが顔を向ける。

「そういえば、お父さまのお加減はいかがです」

「今日、あちらを訪ねてきました。しかし頑《かたく》なな態度で相変わらずです」

「じゃあ、まだお会いできる感じじゃないんでしょうか」

「申し訳ない。こちらからお願いしていたのに」

「あら、もしや太白さんの親御さんにもお会いしてないの？　それはまずいわよ」

「いまごろ顔合わせしてるお母さんがいえる？」

あやねにいい返され、みちよはまた「おほほ」と笑ってから、ふと真顔になる。

「そういえばこの子、前の職場のときは、いつ電話しても疲れた声していてねえ。転職したらとか、一度休んで名古屋に帰ってきたらっていっても聞かなくて」

「……うん、あの時期は、心配かけてごめん」

「これで昔迷子になったのはチャラね」

「やっぱり迷子になってるんじゃない！」

もう、と頰をふくらませるあやねに、緊張気味だった太白も笑い出す。笑い合うさなか、ふとみちよは遠い目になった。

「あのころは心配したものだけど、いまは見るからに元気いっぱいでなにより。こうして支え合うひとができて、あやねも生き生きして。太白さんのおかげねえ」

みちよは目を細め、太白に向かって頭を下げる。

「本当に、ありがとう。どうかこれからもふたりで、助け合って生きていってね」

桃生が運転する車が、みちよを乗せて走り出す。ホテルの車寄せで、あやねは太白とともに見送った。テールランプが夜の向こうに消えてから、太白がつぶやく。

「楽しくていい方ですね、お母さまは。気を楽にしてくれる」

「ありがとうございます。あんなふうに自由なひとですけど、早くに父が亡くなって、わたしを育てるのに苦労したと思います」

あやねは照れながら答える。

「喧嘩《けんか》もたくさんしましたけど、幼いころからちゃんと向き合ってくれて、話し合う大切さも教えてくれました。っていうか、喧嘩のときに途中で逃げようなんて許してくれなかったんですよ。いいたいことがあったらとことん話せって首根っこつかんで引き戻されたり。って、笑うところじゃないんですけど」

太白がこらえきれず笑い出すので、あやねは口を尖らせる。

「あやねさんがいつも、僕にちゃんと話せといってくれるのは、お母さまの教育のおかげなのですね。やっぱり、いい方だ」

太白は笑いを収め、眼鏡の奥の目を伏せる。

「なのに黙っているのは、心が痛みます。僕たちが……」

〝本当の夫婦ではないことを〟

とは、太白はいわなかった。しかし、当然あやねは察する。

「太白さんが妖かしだってことも、もちろん内緒にしています。契約結婚のことは、話せば理解してもらえると思いますけれど」

「僕が人外だというのは、理解しがたいかもしれませんね。といって、お母さまに正体を見せるのも気が進みません」

車寄せの向こうの闇を、あやねと太白は並んで見つめる。

「僕と父とは、あやねさんたちのような関係にはなれない」

ぽつりと、太白の声が闇に落ちる。

「母が生きていたときは、まだ穏やかな生活でしたが、母が亡くなったとたん、父はなにもいわずに出奔してしまった。腹を割ってとことん話し合うなど望むべくもない。再会したいまも同じ、相変わらず彼はなにも話してはくれない」

「……太白さん」

「僕は常に、高階の跡取りとしての力量を試されて育ちました。けれど、どれだけ努力しても、祖父や妖かしたちには半妖としか見られない。僕は何度も、せめてこの苦しみを父に話せたならと――いや、すみません。これは情けない泣き言です」

「いいえ、いいえ」

あやねはそっと、いたわるように太白の腕に手を置く。

「泣き言はちゃんと口にしてください。太白さんの苦しみを共有したいです。わたしだって太白さんに、みっともなく泣いたり怒ったりしてるじゃないですか」

「……ありがとう、あやねさん」

あやねの手に、太白は自分の手を重ねる。

「実は、お母さまには監視をつけさせていただいています」

いいにくそうに太白は答える。予期していたとはいえ、あやねは背筋が冷えた。

「それは……やはり、あの陰陽師や太白さんのお祖父さまが、母を？」

「万が一、ですが。ご安心を。必ずお守りします。あなたも、お母さまも」

あやねがこくんとうなずくと、太白は少しばかり不安げに言葉をつなぐ。

「ですが、もしそれを恐れるなら契約を……」

「ストーップ！」

ビッ！と手のひらをあやねから向けられ、太白は眼鏡の奥の目を開く。

「また前と同じやり取りしたいんですか。起こってもいないことを怖がって離れるなんて、いやです。太白さんが守ってくださるというなら、わたしは信じてます」

「わかりました。二度と同じことはいいません」

　太白はあやねにほほ笑みかける。

「契約の夫婦であっても、いまは本当の恋人です。僕はもっと、あなたを離さないという決意を固くしないといけませんね」

「へ、えへへ？　あ、はは、はひ……」

　いきなりこそばゆいことをいわれて、あやねはしどろもどろになる。太白は嬉しそうにあやねを見つめてから、つと腕時計に目を落とす。

「僕はまだ仕事が残っています。どうぞ帰宅して、先に休んでいてください」

「そんな、夜の八時ですよ。そんなにずっと忙しくて、お体が心配です」

「いいえ、大丈夫です」

　にっこり、と太白はまたもやクリスマスの輝きのように笑いかける。

「不思議です、あやねさんが〝恋人〟だと思うと、疲れなど感じないので」

「あ、ひゃ、ひゃい……そ、そうですか」

　ストレートにいわれ、あやねは顔が燃えるように熱くなった。イケメンの上に急に甘い言葉を口にするようになって、破壊力が三倍増しである。

　行きましょう、と太白に促され、あやねはともにエントランスへ入る。

屋敷につながるエレベーターの前まで送られ、あやねが手を振る前で扉は閉まった。

ひとりになった箱のなかで、はたとあやねは我に返る。

「……あれ？　もしかして、また」

恋人らしいことを、しなかったのでは？　手は重ねたけど？

釈然としない。とても、とても釈然としない。くうう、とあやねはエレベーターのなかでじたばたする。

（確かに、恋人になったからってスキンシップは確定じゃないけど）

太白さんがそうしたくないなら……と思ったとき、脳裏に母の声がよみがえる。

〝……これからもふたりで、助け合って生きていってね〟

いや、なにも話し合わずに自己完結なんてしないと決めたではないか。

太白が〝恋人〟という名前だけで満足しているのか、それともあやねを尊重しているだけなのか、なにも確かめていない。自分はどうしたいのか。太白とどうなりたいのか、それをまず考えて、そして太白の気持ちを尋ねよう。

あやねは、先ほど重ね合った手の温かさを思い出す。

――わたしは、もう少し太白さんと……触れ合いたいな。

性的接触、なんてレベルでなくていいから。

「よし、方針決定！　あとは太白さんに気持ちを訊いて、話し合って……」

とこぶしを握ったところで気づく。

あの多忙な太白と、いつ話し合う時間があるのか。メッセンジャーで訊く？　いや、こんな大事なこと、やっぱり顔を見て話したい。しかしあやね自身も多忙、つまり、少なくともクリスマスフェアが終わるまでは、お預けということに――。

「なんで、どうして、一応恋人なのに恋人同士のイベントのクリスマス目前に」

恋人以前のことで悩まないといけないの⁉

悶々とするあやねを乗せてエレベーターは静かに上っていった。


「明日の十六時から、勾当台公園でクリスマスマーケットが始まります」

突然の母襲来の翌日のこと。あやねはオフィスでスタッフを前に口を開く。

「期間は五日間。わたしはリニューアルオープンイベントでホテルを離れられませんので、そちらの全面指揮を執る小玉《こだま》さん、よろしくお願いします」

「小玉でえす。がんばりますねぇ」

小柄な社員、その正体は鼠《ねずみ》である小玉が、にっこりと笑う。

「今回はキッチンカーで搬入出が楽で助かりますぅ。テントは設営も面倒ですし」

「スタッフも少なくて済むし初期費用も抑えられましたよね」「キッチンカーに実績のある、東京のイベント会社に花籠チーフの伝手《つて》があったおかげです」

スタッフに口々に褒められ、あやねはさすがに面映《おもは》ゆい。

「今後もイベントでの出店を考えてます？　チーフ」

「今回が初ですから、それ次第ですかね」

あやねはあごに指を当て、タブレットの画面を見つめる。

「あくまでキッチンカーが前提の話ですけど。ホテルの宣伝はもちろん、少ない出費と人員で新メニューも試せてメリットが大きいです」

「続けるなら、レンタルでなくオーダーメイドのキッチンカーが必要ですよ」

「そうしたらよけいに費用かかるでしょ。メリットがどれだけ見込めるか」

「でも、面白い試みですよ。いままで老舗一流ホテルのブランドにあぐらをかいてきましたけど、花籠チーフが入社してから、新しい流れが生まれましたね」

さんざめくスタッフのなかでの古参スタッフの発言に、あやねは会釈する。

「ありがとうございます。いい方向へ行けばいいんですけど。もちろん、ターゲット層は見誤らないようにします。今回のクリスマスマーケットへの参加は、実行委員会を構成する県内の各企業へのアピールの意味合いもありますので」

青葉グランドホテルのメイン顧客は富裕層。ブランドイメージを広げるより、損なわないよう大事にするべきなのは、あやねもよく承知している。

「リニューアルオープン後は年末年始に向けて、企業の会議やパーティが立て続いてます。気をゆるめず、がんばりましょう」

はい、はぁい、と返事が続いたとき、別のスタッフの声が割り込んだ。

「すみません、外部からお電話が入っております。藤田晴永さんです。会議中とお伝えしたのですが、緊急とのことで」

「藤田さんが？　なんだろう」

そういえば、すでにこちらに引っ越してきたはずだ。

あやねが体調を崩してしまった際、お見舞いのカードを送ってくれたが、あれほど馴れ馴れしく積極的だったのにそれ以上接触しようとしてこなかった。あやねの体を思いやってくれたのだろう。意外に常識人なのかもしれない。

そういう良識があるのに、こちらの現在の状況も確認せず取り次げとは、かなり緊急の度合いが高そうだ。あやねはスタッフに断り、電話を受け取る。

『ああ、あやねさん！　十一月以来だね。回復おめでとう』

耳に飛び込んできたのは、嬉しそうな声だった。

『せっかく仙台に越してきたのに会えなくて残念。市内のいいお店を見つけたからさ、今度デートしようよ。物件をお世話してくれたお礼がしたいんだよね』

「すみません。会議中なので、これで失礼を」

『待って、待って。急ぎ連絡をと思ったんだ』

塩対応であやねが切ろうとするので、晴永はあわてて引き止める。

『どうも晴和の手の者が、勾当台のクリスマスマーケットと青葉のクリスマスフェアに紛れ込む可能性が高い。あやねさんにも警告しといたほうがいいと思って』

あやねは一気に青ざめる。先の百鬼夜行祭では、少なくともホテルを守ればそれでよかった。だが今回は、街中にも危険な妖かしたちが紛れ込むというのか。

『僕と三峰《みつみね》も青葉の警護に入ることにした。それと、東京の陰陽寮の何人かも宮城入りしてもらうことになったよ。僕の働きかけでね』

「え……本当ですか。ありがとうございます」

陰陽寮との結びつきをこれ以上深くして大丈夫かという懸念がよぎるが、目の前の危機に対応するにはやむを得ない。

『お礼なんていいって。あやねさんには色々と、まあ、御曹司にも世話になってるし、力を貸すのは当然だからさ。もしお礼したいならやっぱりデートでも』

「あの、せっかくのご協力にこう申し上げるのはなんですけど」

懲りない晴永に、あやねは深々と吐息する。

「発端は藤田さん側では……？　藤田さんのお家騒動と陰陽寮のあれこれで、こちらが巻き込まれたっていうか」

『それがさ、そうでもないんだよね』

晴永の言葉に、あやねは頭に「？」を浮かべて耳を傾ける。

『晴和が、全国各地で強大な力を持つといわれる妖かしと接触していた形跡が見つかったんだ。高階の先代もそのひとり』

「え……」

『僕が宮城を訪れる前、父と陰陽寮が僕を藤田家の跡継ぎに決めた辺り、一年は前のことらしい。父からは疎んじられても、実際晴和は腕が立つ。陰陽寮の依頼で全国の妖かし関連の事件を収めて回っていたから、伝手はあったんだろうね』

あやねは思わず受話器を押さえ、周囲をうかがいつつ声をひそめる。

「つまり、一年も前から、お祖父さまは晴和と協力するのを決めていたと？」

『そ。遅かれ早かれ、晴和と高階の先代は騒ぎを起こしたよ』

そういって、晴永はふと軽薄な口調をひそめる。

『本命が青葉のクリスマスフェアか、勾当台のクリスマスマーケットかはわからない。僕ら陰陽師が加わっても警備の手が足りるか不安ではあるよ。御曹司にもくれぐれも警戒するよう伝えて。それじゃ、会議の邪魔してごめんね』

また連絡するよ、との言葉を残し、晴永は通話を切った。

ぎゅ、とあやねは胸をこぶしで押さえる。次々湧き上がる不安を抑えるように。

母もいま、宮城を訪れている。クリスマスまで滞在するといっていた。母が巻き込まれる危険性は一気に跳ね上がっている。

「チーフ、お電話終わりました？　会議再開してもよろしいですか」

「あ、すみません。いま行きますね。ちょっと待ってください」

デスクのスマホを取り上げ、晴永からの警告をメッセージで太白に送ると、あやねはミーティングルームへ戻る。頭のなかで対応策を必死に考えながら。

「ちょっと買いすぎたわあ。まあ、フロントに預けるからいいかしら」

大量の紙袋を下げたみちよが、青葉グランドホテルのエントランスに現れる。けげんそうなスタッフが出迎えようとする前に、みちよは堂々とフロントへ向かった。

「すみませんねえ、この松島お土産の袋、花籠あやねに渡していただけません？」

「あ、あの、どちらさまですか。当ホテルは、宿泊はまだ再開しておりませんが」

どさりと紙袋を渡されて戸惑うフロントマンに、みちよは話し続ける。

「花籠あやねの母です。これ生牡蠣《なまがき》だから、早めにあやねに渡してくださいね。こっちは松華堂《しょうかどう》のカステラにかまぼこと牛肉しぐれ。どれも試食で美味しくて」

「チーフのお母さま⁉　お待ちください。いまチーフに連絡いたしますので」

「あらやだわあ、やめてちょうだい。お仕事の邪魔をしたくないもの」

「えっ、花籠チーフのお母さま？」「チーフのお母さまですって？」

話を聞きつけたほかのスタッフが、続々と集まってきた。

「いつもチーフにお世話になってます」「チーフ、とっても優秀なんですよ」「チーフが入社してくださったおかげで風通しがよくなって、新しい企画も色々と」

「あらあら、まあまあ、嬉しいわあ。娘はお役に立っているのね」

「じゃあ、わたしたちのこと、聞いてます？」

スタッフのひとりが身を乗り出して尋ねる。みちよは小首を傾げた。

「聞いてるってなにかしら？　あまり仕事のこと、話してくれないのよねえ」

「わたしたちが、実はみんな……」

みちよを囲んでわくわく顔のスタッフの頭に、ゆっくりと狐耳が生えてくる。

「ストップ、ストップ、スト――――ップ!!」

エレベーターから現れたあやねが、すごい勢いでみちよを横からかっさらった。

「あらあ、あやね。お仕事は？」

「お母さんのせいで仕事どころじゃないでしょおっ！」

呆気《あっけ》にとられるスタッフを置き去りに、あやねはみちよの手を引いて走り去る。

静かな中庭までやってきて、やっとあやねは一息ついた。ぜえぜえと息を荒げるあやねをよそに、綺麗に手入れされた芝生と木々をみちよは感嘆の顔で見上げる。

「素敵なお庭ねえ、自由に出入りできる場所なのかしら」

「ふだんはブライダルで使うけど、一般のお客さまも見学したければ入れるよ。ガーデンウェディングを希望する方とかね。それより」

あやねは腰に手を当て、母に向き直る。

「ちゃんとホテルにくるときは連絡して。いまだってお母さんがフロントにきたっていわれて、仕事放り出してすっ飛んできたんだから」

本当はみちよを監視している桃生から『お母さまがお土産の袋を抱えて青葉へ入っていきます』という一報が入ったからなのだが。

「そんな、いちいち飛んでこなくたっていいのよお。過保護過ぎじゃないの」

「だってお母さん、すぐ迷子になるじゃない。心配にもなるし」

「あのねえ、昔のたった数回をいつまでもいわれると面白くないんですけど。というか、どうしてそんなにわたしの行動を制限したがるの？」

「べ、べつに制限してるわけじゃ」

あやねはうろたえつつ弁解するが、みちよは腕組みをしてにらむ。

「なにか隠しているんじゃないでしょうね。昔からあなた、そういうおろおろした態度を取るときは、たいてい隠し事があるときだから」

さすが、母親の観察眼は侮れない。詰め寄られてあやねはたじたじになる。どう言い訳しようかと必死に考えていると、

「あら？　あちら、どなたかしら。太白さん……じゃないわね」

みちよがあやねの後方に目をやってつぶやく。あやねは振り返って凍り付いた。

中庭の木陰に立つのは、着流しに肩までの黒髪の男。太白に似ているが、彼よりずっと冷たく冴《さ》え冴《ざ》えとした容貌。あれは太白の父、長庚――。

白木路の管理する結界内で療養しているはずなのに、なぜ、ここに。

湧き上がる警戒心に、あやねはポケットのなかのスマホを握りつつ、長庚に向き直る。いつでも太白に連絡できるように、だ。

百鬼夜行祭の騒動のあと、あやねは太白に、長庚は息子のためにわざと啓明に与したのではないかと話した。けれど、それはあくまで憶測。確かな証拠はない。結果的に太白をかばったとはいえ、不安要素が消えたわけではないのだ。

(太白さんが一緒なら、ごあいさつにうかがうのは不安じゃないんだけれど)

「あんなに似てるなら、太白さんのお身内よね。ご兄弟はいないって聞いてるけど……どうしたの、あやね。そんな警戒したような顔して」

みちよの言葉に、あやねは逡巡《しゅんじゅん》する。そのとき、長庚がこちらにゆらりと歩き出した。どうしよう、と考える間もなく彼は近づいてくる。

あやねは体の陰で急いでスマホの電話履歴を開き、太白の番号にかけてポケットに戻すと、みちよをかばうように前に出る。長庚は少し離れた場で足を止めた。

「あの、花籠あやねです。お父さまにはこちらからおうかがいするべきでしたのに、ずっとごあいさつできず、申し訳ありません」

緊張に冷や汗をかきながらあやねは頭を下げる。しかし長庚は無言だ。空っぽの片袖と肩までの髪を風に揺らめかせ、ふたりを見ている。

「あやねの母のみちよです。太白さんのお父さまでよろしいですか。初めまして、いつもあやねがお世話になっております」

みちよがずいと踏み出し、あやねを自分の陰に隠して、にこやかにいった。

「ちょ、お母さん？　わたしが話してるのに真ん前に出るとか⁉」

「あなたこそ、わざわざわたしの前に出なくていいのよ？」

お互いをかばおうと押し問答しつつ、ふたりは長庚に話しかける。

「娘はねえ、しっかりものですけど、わたしに心配かけまいと苦労や悩みを隠すくせがあるんです。保育園の子に意地悪されて怪我しても、自分で転んだっていいはるし、おねしょのパジャマは絶対に自分で洗おうとするし」

「お、お母さんってば、いまそういう話する⁉」

あやねは真っ赤になってみちよをさえぎり、また前に出る。

「お父さま、療養中とうかがいましたけれど、もう大丈夫なのですか」

「あらあ、お体を壊してらっしゃるの？　あの、これ」

みちよは肩掛けバッグからカステラの小箱を取り出し、あやねが止める間もなく長庚へと進んで差し出す。

「ホテルで食べようと思ったんですけど、よろしければお見舞いです」

長庚は無表情で箱とみちよを見比べる。あやねはあわててみちよに駆け寄った。

「お、お母さん、もう、ちょっと、勝手にやめて！」

「え、駄目？　もしかして、内臓疾患かなにかで食事制限中？」

「そ、そうじゃないけど、図々しいっていってるの」

「ごあいさつに図々しいもなにもないでしょう。それより」

みちよは長庚を見上げ、にこ、と快活に笑いかける。

「先ほどもいいましたけれど、娘は困ったことはわたしに隠すきらいがあるんです。でも、親がいうのもなんですが、とてもいい子です。自慢の娘です」

堂々と胸を張って、みちよはいった。

「太白さんも、心根の優しい、素晴らしい方です。そんな方と巡り会えて、娘は幸せです。きっと、お父さまにとってもご自慢の息子さんでしょうね」

長庚はわずかに目をみはる。その前で、みちよは深々と頭を下げた。

「これからも、どうぞ娘をよろしくお願いします」

長庚は無言だった。みちよの後頭部と、その隣に立つあやねをしばし見比べると、ふいに身を返して歩き出す。彼の背中が中庭の木立の向こうに消えていくのを、あやねはみちよと一緒に呆然と見送った。

（……あれ、白木路さん？）

木陰に立つ振袖姿の少女が見えた、かと思うと彼女は長庚とともに去っていく。

「なんだか、緊張する方だったわあ」

ほっとした声でみちよがつぶやいた。あやねは母に向き直る。

「お母さん、前に出すぎ。ああもう、お父さまにどう思われたかな」

「本当に初顔合わせだったのねえ。大丈夫よ、あの太白さんのお父さまだもの」

「あやねさん、お母さま！」

呼び声に振り返ると、太白が青葉のスタッフを連れて焦った顔で駆けてきた。

「大丈夫でしたか、なにもありませんでしたか。父はどこへ」

「なにもなかったですよ。お父さまはあちらへ。白木路さんもご一緒でした」

あやねがほっとした心地で指差すと、太白は素早くスタッフに指示を出す。スタッフは中庭の反対側へ駆けていき、あっという間に見えなくなった。

「あらあら、大ごとねえ。お父さまご病気なんでしょう？」

「いえ、怪我人《けがにん》です。療養区域を抜け出すとは……いや、白木路と一緒なら」

呑気《のんき》なみちよに太白は答えを濁すと、あやねに目を移す。

「ちょうどよかった。少し、業務のことでお話があります」

「じゃあ、わたしはお暇《いとま》するわね。生牡蠣、早めに食べてねえ」

「生牡蠣!?　お母さん、ちょっと待って、逆、出口の方向逆！」

「僕も一緒にご案内しましょう。ところで」

明後日《あさって》の方角に行こうとするみちよを引き留め、太白は表情を改める。

「お母さま、これは僕からの是非とものお願いなのですが、クリスマスイブは青葉周辺に近寄らないでください。できれば仙台市外での観光と宿泊を」

はっとあやねは太白を振り仰ぎ、みちよはますますけげんそうな顔になる。

「それは……まあ、いいけれど。どうして？」

「ご希望の観光地があれば、青葉の系列のホテルを取らせていただきます。観光も、こちらは車を出させていただきますので」

太白のいわんとすることを察して、あやねはみちよに畳みかけた。

「そういえば南三陸町にお友だちがいるっていってたよね。クリスマスイブはそちらにいたらどうかな。お願い、どうか太白さんのいうとおりにして」

「……理由は、教えてもらえないの？」

みちよは心配そうに尋ねるが、あやねたちは答えられない。みちよは小さく吐息して、それ以上は問わずに口をつぐんだ。

事業統括部長のオフィスで、あやねと太白はソファで向き合っていた。

窓から差し込む陽の光が穏やかな冬の午後。だが、あやねと太白のあいだには穏やかどころではない空気が漂っている。

「昨日、藤田氏からもたらされた情報をくわしく調べてみました」

太白はあやねのタブレットにデータを送る。

「県内各地の妖かしの一族に、離反者が増えています。その離反者の出た地で、藤田晴和の姿が目撃されています。彼女にそそのかされたのは明白です」

「離反って、最近、太白さんが仲裁に回っていた件ですか」

太白はうなずき、重い口調で説明を続ける。

「変革を恐れる古参や、啓明に心酔する過激な妖かしが離反の中心のようです。数はさほど多くはありませんが、集まれば脅威になる。その彼らが〝二十四日、盲官の邸第にて集う〟といい交わしていたらしい」

「盲官の邸第？　どういう……ことでしょう」

「勾当台という名の由来は、江戸時代の狂歌師である花村勾当政一《はなむらこうとうまさいち》の屋敷があったことから名づけられました。勾当とは、検校《けんぎょう》や座頭と同じく盲人に与えられた官名。すなわち、勾当台公園のイベントを襲撃する意では、と」

あやねの背筋が、一気に冷たくなる。

「人間を襲うつもりですか。もう彼らは、人間との共存は考えていないと？」

「それはわかりません。高階のお膝元を騒がせることで僕の権威……そんなものがあるかは知りませんが、それを失墜させるのが目的かもしれない。祖父の代を懐かしむ者たちなら、考えられます。ただ、その過程で」

「人間たちに危害を加えるかも、なんですね」

重苦しい沈黙が下りる。ぎゅ、とあやねは膝の上でこぶしを握った。

「太白さん。わたしにできること、ありますか」

「これは僕がしなくてはならないことです。しかし、あやねさんの観察眼はとても鋭い。僕らでは見過ごすことも気づけるかもしれません」

「わかりました。注意を怠らないようにします。もう一度念入りに、青葉の会場と公園をチェックし、クリスマスマーケットにも、会期中に一度訪れてみます」

「頼みます。公園へは護衛をつけますので。しかし、ホテルと公園、両方を密に警備する必要がありますね。あまりに人員が足りない」

「ええ、百鬼夜行祭では少なくともホテルを守ればよかった……。クリスマスフェアは事前申し込みの招待客のみとはいえ、宿泊のお客さまもいらっしゃいます」

暗澹とした気持ちであやねが口をつぐむと、太白は励ますようにいった。

「藤田氏と陰陽寮も助力してくれます。あちらも妖かしを好きにさせておけば、自分たちの立場が危うくなりますから、力を尽くしてくれるはずです」

「ええ。いざとなれば白木路さんの結界で守ることも……」

あやねは無理やり声を明るくして返すが、太白は物思わしげに口を閉ざす。どうしたのだろう、と眉をひそめて、はたと思い当った。

「あの、白木路さんといえば……中庭で、お父さまとご一緒でした。ということは、お父さまは隔離のための結界を、白木路さんの許しで出たことに」

「おそらく。実は僕も、その事実を懸念に思っています」

太白は眼鏡の奥の目を伏せる。

「僕の祖母は白木路の一族。いわば父は、白木路にとって孫同然。その子である僕よりも、白木路としては心情的には父のほうに思い入れがあるはずです。先ほど歳星からも、父が白木路とともに、彼の執務室を訪れていると内線がありました。あとで送り届けるから心配は要らないと。とにかく、彼女の力を当てにはできません」

やはり、とあやねの胸にくすぶる不安が色濃くなる。

長庚が味方ならそれでいい。でも、もしもいまだ啓明に与しているなら？

ますますクリスマスイブ当日が不安になる。頼みの綱だった白木路が信用できないなんて、百鬼夜行祭のときよりも八方ふさがりだ。あやねは唇を噛みしめる。

「僕は歳星に、クリスマスフェアの中止を提案しようと思います」

は、と目を上げるあやねに、太白は決意の表情で告げる。

「歳星はおそらく経営の観点から反対するでしょう。しかしお客さまに危害が加えられたら、青葉は建物を損壊する以上の打撃を受ける。であれば、藤田晴和と祖父の問題が解決するまで、ホテルを閉鎖するべきです」

「……確かに、そう、ですね」

「フェアに向けて尽力してくれたあやねさんたちには申し訳ない」

頭を下げる太白の心優しさに、あやねは哀しくなった。

どうにもできないのだろうか。せめて、なにも知らない人間を守るだけでもどうにかできないだろうか。だが白木路の結界は当てにできない……。

「とはいえ、襲撃の情報があるのは幸いです。備えることができますから。離反が一部なら、大部分は味方はせずとも静観はしてくれる。僕も直々に現場に出ます」

太白がそういったとき、はっとあやねは目を見開く。

「太白さん、わたし、当日の警護について……考えがあります」

執務室で受話器を置くと、歳星は不遜な態度で目を上げる。

「太白には連絡したぞ。それで、俺にわざわざ話とはなんだ――長庚、白木路」

目の前に立っているのは、暗い目をした長庚。一歩背後に、少女姿の白木路が控えている。まるで、長庚の後ろ盾のように。

「大したことじゃない、歳星。頼みがひとつあるだけだ」

「ふん、勝手なものだな。出奔したおまえに代わり、息子を教育してやったのは俺だぞ。とはいえ昔なじみの仲だ。聞くだけは聞いてやる。それで？」

「二十四日、啓明の手のものが市内の祭りを襲撃するとの話は知っているか」

「むろん聞き及んでいる。当然だが備えるつもりだ。それがどうした」

「――静観してくれ」

長庚の声は、凪《なぎ》のごとく静かだった。しかしその言葉は、歳星に大きく目をみはらせた。険しい顔で見据える歳星に、長庚はさらにいった。

「俺の動きを邪魔するな、ということだ。白木路も了解している」

歳星はちらと白木路に目をやる。白木路が目顔でうなずくのを見て、また長庚に目を移す。鋭く怜悧な顔は揺らがぬ水面のようで、その心の内は読めない。

歳星はふんと傲慢に鼻を鳴らす。

「よかろう。だが、太白にいうことは聞かせられんぞ」

「おまえと白木路が動かないだけで充分だ」

そういうと、歳星は空っぽの袖をひらめかせて背を向ける。白木路が会釈してあとに付き従った。執務室を出ていくふたりに、歳星はにやりと笑う。

「充分か……。それはどうかな。俺の教育を侮っていやしないか、長庚」

◆

「いったい、なにがあるのかしらねえ、クリスマスイブに」

地下鉄国際センター駅二階のカフェで、窓から降り注ぎきらめく陽光を浴びながら、みちよはひとりランチをしていた。テーブルから国際センターの緑の芝生が見下ろせて目にも心地よく、地下鉄直結でアクセスも便利、モダンな内装もお洒落《しゃれ》。ガイドブックで知った店だが、みちよは一目でお気に入りになった。

「ええと、仙台市内、クリスマス、イベント、で検索っと」

たっぷり野菜のキーマカレーを食べながら、みちよはスマホで検索する。

「このカレー美味しいわねえ。あら、あら、青葉でクリスマスフェア？　近くの公園でクリスマスマーケットが最終日？　面白そう……って、つまりフェアの邪魔になるから近寄るなってこと？　失礼ね、そこまで空気読めないわけじゃないわよお」

と、あまり信憑性《しんぴょう》のないつぶやきをみちよは漏らす。

「でも、さすがに当日はまずいわよねえ。あれだけ止めるんだもの。イブ前日ならいいかしら。せっかくだから、ひとりじゃなくてお誘いしてみましょ」

みちよは嬉々《きき》として友人へのメッセージをスマホで打ち込む。

ふと頭上に影が差した。目を上げると、太白が真向かいに腰を下ろす。

「あら、太白さん？　どうしてここに」

驚いて声を上げるみちよに、太白は静かに語りかける。

「おくつろぎのところ、失礼。お話がありまして」

桃生は私服の女性に扮《ふん》し、店内を見渡せる席に座っていた。

看護師を退職前の有給消化中というみちよは、体力仕事だっただけあって、今日も朝から精力的にあちこち観光して回っている。尾行する桃生も呆れるほどだ。

晴和の不穏な動きもあり、太白の命令で今日から尾行はふたり態勢だった。

桃生は店内を、もうひとりは地下鉄からの出入口を警戒している。

スマホを見るふりで監視していたとき、みちよのテーブルの対面に誰かが腰を掛ける。太白——？と一瞬目をみはるが、それは見間違いで見知らぬ男だった。

（太白さまのはずがない。業務中なのだから……しかし、なぜ見間違いを）

どうにも視線が定まらない。男の姿もなぜか揺らいで見えて、桃生は混乱する。

桃生はみちよと男の会話に耳をそばだてる。けれどなにかもやがかかったように、彼らの声はくぐもってよく聞こえない。桃生は違和感が募った。狐の聴覚は鋭い。なのにここまで聞こえないというのは、どうも不自然だ。

桃生が見つめる前で、男とみちよはそろって腰を上げ、店の外へ出ていこうとする。

桃生はあわてて、地下鉄入口で見張りをする仲間に連絡を送った。

『お母さまが店を出ます。尾行をしますので離れてついてきてください』

メッセージを送ると桃生は席を立ち、さりげなくみちよたちのあとを追いかけた。

みちよも、そして桃生もわからない。

みちよの目に映る太白が、実は太白の顔をしたべつの誰かであることを。

桃生が見ている男が、実はまったく違う顔をしていることを。

——クリスマスイブまで、あと数日。

5 鬼の隣に寺もある

「あっ、花籠チーフ！　視察ですかぁ」

勾当台公園の一角に停まるキッチンカーの前で、忙しく立ち働く小玉があやねを見つけて大きく手を振る。

コートを着込んだあやねも手を上げた。一歩離れた背後には、抜きん出て背の高い、黒革コートの強面《こわもて》美女。晴永の使い魔で、山犬の妖かしの三峰だ。

「今日は一段と冷えますねえ、お疲れさまでえす」

「小玉さんこそ、寒いなかお疲れさまです。様子はどうですか」

「売上ですか？　上々ですよぉ、メニュー二種類とも！」

あやねはキッチンカーの前に立てかけたメニューボードに目をやる。

『1．チキンクリームシチューのポットパイ、2．クリスマス限定★ホットストロベリーソースのふわふわパンケーキ』

ポットパイは、青葉グランドホテルレストラン『五城楼《ごじょうろう》』新作メニュー先行販売。パンケーキは、高階の屋敷の専属シェフ、甘柿のレシピのものだ。

「パンケーキが特に大好評ですねえ。青葉のブランドで出すからお値段お高めなのに、飛ぶように出てますぅ。チーフの案と甘柿さんのおかげですよお」

あやねはほほ笑んだ。さすがに直接参加してもらうのは無理だが、甘柿の料理をメニューに組み込んだのだ。太白にもむろん了解を得ている。

「パンケーキ、五城楼でも出そうかって話をしてるっすよ」

キッチンカーで作業をしていた若いシェフが顔をのぞかせる。若いが妖かしなので、見た目の年齢ではないだろうけれど。

「でも、甘柿さんほど美味しく作れないんす。だいぶ近づきましたけど、あの絶妙なふわふわ加減がちょっと違うっていうかでして」

「甘柿さんにお屋敷の厨房でつきっきり特訓をしてもらったくせにぃ」

「えっ、甘柿さんにお会いしたんですか⁉　どんな方なんです？」

あやねは思わずキッチンカーのカウンターに身を乗り出した。

「それが甘柿さん、ずっと暗がりにいて声しか聞こえなくて。試作もわざわざ別室で、おれひとりでやったんす。ああ、でもずいぶん体の大きそうな方でした。実演の手がかなり大きくって、おれの倍はあったんすよ」

「へええ、繊細なお料理作られる方だからちょっと意外です」

「おい、あやね。ここに長居していいのか。園内を見て回るんだろう」

後方で周囲を警戒していた三峰がぶっきらぼうに声をかける。

あやねは腕時計を見る。今日は平日、クリスマスマーケットの開始は十六時。だいぶ周囲は暗くなり、青いイルミネーションが点灯し始めている。

「ちょっとお。チーフを呼び捨てにしないでくださいよお、失礼ですう」

「あいにくこちらは獣でな、礼節は知らん」

「わたしだって獣で鼠ですけどぉ？」

三峰に軽くあしらわれ、小玉は憤然といい返す。

「ま、まあまあ。じゃ、園内を見て回ってきますので」

あやねは小玉をなだめ、若シェフに会釈して歩を踏み出す。

「イルミネーション、綺麗ですね。クリスマスツリーも素敵！」

輝くクリスマスツリーを見上げ、あやねは感嘆の声を漏らす。夜空の星々が一斉に地上に降りて灯《とも》ったような光景だった。

「このツリーって、国内最大級だそうですよね、さすが見ごたえあります。スケートリンクもあるなんて、やっぱりフィギュアスケート発祥の地って感じで」

「ずいぶん呑気だな」

三峰にそっけなくいわれ、あやねはぎくりとする。視察でここまできたのに、華やかな光景にうっかり我を忘れてしまった。

「明日の青葉のイベントはどうなんだ。責任者が前日に出歩いていいのか」

「ご心配ありがとうございます。準備は万端です。前日になってバタバタしているようじゃ、当日が思いやられますから」

得意げに答えるあやねに、ふん、と三峰は肩をすくめた。

彼女の防寒着は革のコートだけ。ウルフカットのロングヘアーを冬風になびかせて平気な顔だ。行き交う人々が長身強面美女を驚きの目で振り返る。

「で、妖かしを見つけろというわけか。このなかから」

三峰が周囲を見渡す。園内の人々はかなりの数だ。夜になり、イルミネーションに引き寄せられるようにして、ますます人出は増えていく。

「妖かしというか、違和感があれば教えてください。わたしも気を付けますので」

「あやねは人間だ。妖かしの気配がわかるのか」

「わたしは人間の観点で違和感を探します。って、自信はありませんけれど……」

違和感とは、ふだんの観察の積み重ねの結果だ。初めて訪れた場所とイベントで、不審な点に気づけるだろうか。しかも、漠然とした目的で。

クリスマスマーケットの会場マップは、事前に何度も確認してある。勾当台公園は、音楽堂が建ついこいのゾーン、市民広場と呼ばれるにぎわいのゾーン、林子平像《はやししへい》と古図広場のある歴史のゾーンの三つの区画に分かれている。そしてクリスマスマーケットは、いこいのゾーンとにぎわいのゾーンで開かれていた。

（公園だからひとの出入りが自由過ぎて、封鎖は無理よね）

なんらかの結界を張るにも、以前白木路がいったように、青葉の領域外では難しい。怪しい動きをするものがいないか見張る以外はない。

前日の今日、すでに青葉のスタッフらは一般人に身を変えて会場内を警戒している。なにかおかしな動きがあれば、すぐにわかるはずだが……。

重い胸の内とは裏腹に、イルミネーションは美しい。こんな状況でなければ、太白と一緒に見たかったな、とあやねは思う。結局、彼の気持ちを確かめて恋人関係の進展を図るどころの話ではなくなっていて、ため息は重くなるばかりだ。

「しかし広すぎる。晴永も同行できたらよかったんだが」

頭上から三峰のつぶやきが落ちて、あやねは振り仰いだ。

「藤田さんにはホテルの警戒に当たっていただいてますから」

「開かれた場では、あいつの〝鳥〟の式神が索敵にも攻撃にも有効なのに」

正直、あやねは晴永が同行でなくてほっとしていた。彼と一緒だと、すぐに馴れ馴れしくされて落ち着かない。それさえなければ、まあ、悪い人物ではないのだが。

「三峰さんは、妖かしとふつうの人間の見分けがつくんですか」

「当然だ。妖力のあるなしを、目視だけでなく嗅覚と聴覚でも見分けられる。いまも場内のあちこちに、妖かしがうようよしているぞ」

「え、えっ⁉」

あやねは思わず一歩引いて辺りを見回す。

「安心しろ。観測範囲内だが、どれもおかしな動きはしていない。周りの人間と同じく、このイベントを楽しんでいるようだ」

あやねがほっと胸を撫で下ろしたとき、三峰が眉をひそめる。

「しかし、やけに狐が紛れ込んでいるな。青葉の奴らか」

「え……確かに、青葉のスタッフが警備に入っていますけど」

「青葉の奴らでないなら厄介だ。狐は化かす。なにかに化けるだけでなく、幻覚を見せる。妖かしならともかく、人間など即座にだまされるぞ」

いまの安堵が嘘のように消えてなくなる。お大師さまを利用し、高階に歯向かったのも狐だった。あやねは急いでスマホを取り出し、太白に伝えようと考える。

「念のため、太白さんに連絡しておきま……って、あれ、お母さん？」

人混みのなかで、見覚えのある派手なストールが目に入った。

「お母さん、クリスマスマーケット見にきたの？」

「あらあ、あやね。あなたも？」

声をかけると、みちよが振り返る。

「せっかくだから、仙台のクリスマスイベントを体験したくて。今日はイブじゃないからいいわよねえ。見て、あの大きなツリー。名古屋でも見たことないわあ」

みちよは顔を輝かせ、きらめくツリーを見上げる。あやねは胸が痛んだ。長いあいだ働きづめだったから、きっとこの旅行をとても楽しみにしていたに違いない。

（なのに、行動を制限するようなことばかりいってしまって）

しかも、契約結婚にまつわるこちらの事情を隠すために。

「……ごめんね、お母さん」

「え、なあに？　いま友だちと待ち合わせしてるんだけど、なかなか見えなくて」

「南三陸町に住んでるっていうお友だちの方？　仙台まで結構遠いのに、夜に待ち合わせって、一緒に市内に泊まるの？」

「いいえ、彼女じゃないわあ。こっちで知り合った方よ」

ふうん、とあやねはうなずく。物怖《ものお》じしない母だから、こちらで見知らぬ相手と仲良くなってもおかしくない。

「あら、もしかして待ち合わせ場所が違う？　野外音楽堂ってどこかしら」

「違うよ、会場はふたつゾーンがあるから」

スマホを見ながらいうみちよに、あやねは苦笑する。

「事前に調べないから迷子になるんだってば。ほら、パンフレットあげる。音楽堂は道路を挟んで向かいのゾーンだよ」

「ええと、あら、本当ねえ。ツリーがある場所じゃないのね」

みちよは老眼鏡をかけて、あやねが差し出すパンフレットをのぞき込む。

「大丈夫？　どうせだから野外音楽堂まで送ってくよ」

「いいわよお。何度もいうけど子ども扱いしないでちょうだい」

「お母さん、危なっかしいんだもん。気を付けてよ。連絡は欠かさないでね」

はいはい、とみちよは笑って手を振り、人混みに消えていく。目を離すとすぐ迷子になる母が、あやねは心配でならない。とはいえ、桃生が尾行しているはずだ。

先ほどの三峰の警告の件を思い出し、太白に電話してみる。しかし多忙なのか応答しない。仕方なくメッセージを入れておく。

「社には十八時には戻ると伝えてあります。行きましょうか」

スマホをしまってあやねがいうと、三峰は無言で歩き出す。いっそう夜が深くなる公園に、三峰の鋭い眼光が光る。あやねも注意深く周囲を見回した。

しかし、どうにも違和感が付きまとって離れない。なんだろう、なんの違和感なのだろう。この場所だろうか、いや、初めての場所で感じるものなのか。

けれど二つ口のときに思い知ったはずだ。この違和感を見逃してはいけない。

「ごめんなさい、三峰さん。ちょっと待ってください」

「なんだ、なにか気づいたか」

「すみません、確認したいことがあって。ええと、桃生さんからの報告一覧……」

みちよの尾行をしている桃生からのメッセージを、あやねはスマホで見直す。みちよがどこへ行き、なにをしていたかを、簡単だが記録してくれているのだ。

「一昨日、南三陸町に一泊二日で行って友人と遊ぶ、その前は温泉巡りしたり仙台市内をぐるっと回ったり……って、いっぱい色んなとこ行ってるなあ。ん？」

あやねは目を留める。みちよが松島土産を持って青葉へ押しかけた翌日の報告だ。

「美術館に行って、国際センター駅二階のカフェで男性と会う……ふうん」

スクロールしかけて、ふと眉をひそめ、急いでメッセージをさかのぼる。

再び戻り、最後まで一通り確認したあと、またカフェのくだりを見直す。

『男性は青葉の関係者に見間違えましたが、無関係の方でした』

「ここだけ、内容に補足がある……」

あのしっかり者の桃生が見間違うだろうか。一応、確認したほうがいいかもしれないと、あやねは桃生の電話番号を呼び出そうとした。

「ッ⁉」

ふいに三峰がすごい勢いで頭上を振り仰いだ。あやねはどきりとして三峰を見る。

「なに、どうしたんですか、三峰さん」

「狐の遠吠《とおぼ》えだ。妖かしにしか聞こえないやつだぞ。なにがあった」

険しい声で三峰が答えると、周囲で数名が一斉に同じ方角へ走り出す。

「狐——青葉のスタッフか。来い、あやね。避難する」

「えっ、なぜ、どうしてです⁉」

あやねの問いに答えず、三峰はスマホを取り出す。

「晴永、わたしだ。勾当台公園で異変があった。野外音楽堂周辺に式神を飛ばして索敵しろ。いますぐだ」

その言葉を聞いたとたん、あやねは全身の血の気が引いた。

「待って、待って三峰さん！　も、もしかして、もしかして異変って」

震える声であやねは三峰にすがりつく。

「わ、わたしの母に、なにかあったって……こと？」

◆

「尾行スタッフのひとりが音楽堂の近くで気絶し、桃生が少し離れた場所で大火傷を負って倒れているのが見つかりました。お母さまの行方は……不明です」

事業統括部長のオフィスで、青ざめたあやねに太白が告げる。

「おそらく、桃生はお母さまをさらった相手を追いかけたのでしょう。いまふたりを手当てしていますので、回復を待ってくわしい話を聞くつもりです。桃生の火傷からして、藤田晴和の使い魔のしわざかと」

「……わたしの、せいです」

あやねはソファで両手を握り合わせ、震えながらつぶやいた。

「わたしが、もっと注意していればよかった。あのとき、母をもっと強く引き止めるか、せめて送っていけばよかった。それなのに……」

「違います」

太白はあやねに歩み寄り、床に膝をついて肩に手を乗せる。その手は、恐怖と苦しみに震えるあやねに寄り添うように優しく温かく、力強い。

「なんの関係もないお母さまに手を出した、卑劣な者のせいです。そして、僕の責任でもある。必ず守ると約束したのに」

「いいえ、いいえ。それなら、太白さんのせいでもありません」

あやねは首を振るが、頭を上げられない。太白の優しい声と言葉に、いま彼の顔を見れば泣き出してしまいそうだったから。

「あやね！」「あやね、大丈夫であるか」

オフィスのドアが開き、小泉さんと狸姿のお大師さまが現れる。もふもふの二匹は尻尾を揺らして駆け寄り、ソファに飛び乗る。

「あやね、よしよし、さぞかし不安ですにゃね。小泉がついてるですにゃよ」「あやね、母御をさらった言語道断の輩、我が必ず踏みつぶしてくれるである」

一生懸命なぐさめる三毛猫と狸を抱きしめ、あやねは唇を噛んで涙をこらえる。

「ごめん、失礼するよ。御曹司、あやねさん」

藤田晴永が入室してきた。軽薄な面は鳴りを潜め、いつになく真剣な表情だ。

「式神による索敵の結果だけど、野外音楽堂を起点に離れていく妖力をありったけの式神を使って、できるだけ長距離追跡してみた。いまデータを送るね」

晴永がスマホを操作すると、デスクに置かれたタブレットから着信音が鳴る。太白が床から立ち上がりタブレットを取り上げると、晴永は説明する。

「軌跡が停止した地点を青葉のスタッフが探索中。三峰も加わってる。でもまだ、あやねさんのお母さんの行方も、イタチの姿も確認できてない」

「これを見ると妖力は四方八方に散っていますね。桃生が倒れた地点から絞っても、数が多い。本命を逃がすための攪乱《かくらん》でしょうか」

太白があやねにタブレットを見せる。画面には、勾当台公園を中心とした青い軌跡の描かれた地図が表示されていた。

「ぼくが聞いたうわさだと、事が起きるのは明日だったんだけど。それもこちらを攪乱するためのニセ情報だったのかな」

「いや、これも騒ぎの前哨戦《ぜんしょうせん》かもしれません。……しかし」

太白の横顔に、背筋が凍るような青い怒気がよぎる。

「あやねさんのお母さまをさらうなどと、前哨戦どころではありませんが」

「……あ、あの」

あやねのか細い声に、太白と晴永が振り返る。

「クリスマスマーケットに狐が多く紛れ込んでるって、三峰さんが教えてくださったんですけど、彼らは関与しているんでしょうか……。そうだ、それと」

あやねは自分のスマホを取り出す。

「桃生さんから送られてきた尾行の報告です。数日前、母は男性と会っていたって。それについて、どうも桃生さんの報告が不自然だったんです。そして、母はこちらでできた友人と待ち合わせをしていました。相手は、その男性のことかもって」

「見せてください」

太白にスマホを手渡しながら、あやねは話を続ける。

「三峰さんは、狐は人間を化かすといいました。だからその男性が狐なら、母がだまされたのもわかります。もしかして、桃生さんも……って思って」

「同じ狐で有能な桃生を化かすなら、よほどの手練《てだ》れです」

厳しいまなざしでスマホの文面を確かめてあやねに返すと、太白はいった。

「会場からあやねさんが送ってくれたメッセージもあって、狐についても捜索しています。何匹か見つけましたが、お母さまは一緒ではなかった」

「誘拐犯が逃げる途中で、母をどこかへ隠したということはありませんか」

「それはちょっと、考えにくいかな」

晴永が横から答える。

「ホテルから距離があって現地に到着するタイムラグはあったけれど、どこかへ連れ込めるほどの時間はなかったはずだ。しかも公園の周囲は住宅地で、人間ひとり隠せる妖かしの拠点があるようにも思えないよ」

「いや、待ってください」

太白はタブレットをのぞき込み、自分のスマホを取り出す。

「公園より徒歩五分に稲荷神社《いなりじんじゃ》があります。かなり小さいものらしいですが」

――稲荷神社。あやねは息を呑む。太白は即座に電話をかけた。

「野外音楽堂より北北西にある稲荷神社を調べてください。いま座標を送ります」

晴永は無言で窓に駆け寄って開け放ち、懐から出した鳥の形をした紙を投げる。夜の暗闇に白い鳥が現れたかと思うと、瞬時に虚空へ飛んでいった。

報告が返ってくるのをあやねは息を呑んで待った。けれどそのとき、

「失礼します！　い、いま、エントランスに」

ノックも形ばかりに秘書が飛び込んできて、息せき切って告げる。

「鬼の面をかぶった女が現れて……あやねさまに、伝えたいことがあると」

◆

あやねは、太白、晴永とともに一階ロビーへ降り立った。

改装でリニューアルしたロビーは、以前のシックな雰囲気からより洗練されたモダンなデザインに変わっている。高級感を保ちつつ色調は明るくなり、華やかさが加味されて、一歩なかに入れば見惚れる美しさ。前庭に飾られた、青いイルミネーションが輝くクリスマスツリーに、祝祭への期待が高まるよう。

そのきらびやかさとは裏腹の重苦しい顔で、あやねは進む。行く手には、スタッフが遠巻きにして取り囲む黒いワンピースを着た、鬼面の女。

『二ヶ月ぶりくらいかしら。高階の御曹司と、配偶者さん』

あやねと太白が足を止める前に、女は話しかける。あやねはぐっと唇を噛んで、相手を見返した。必死に、内心の怯えをこらえて。

『手短に話しますわ。明日、ここで開かれる催しはふつうに開いてくださるかしら。中止も延期もなし、警備人員など置かないでくださる？　無粋だから。そして』

嘲笑もあらわに、女はあやねに告げた。

『あなた、配偶者さん。明日の日没、黄昏時《たそがれ》。勾当台公園の歴史のゾーンへいらして。もちろんおひとりで、護衛も監視もつけないでね』

「それを聞くとでも思うのか、卑劣な陰陽師めが」

あやねが答えるより前に、太白が憤りのにじむ声で答える。

『まあ、怖い怖い。でもいまお話ししてるのは、可愛い配偶者さんのほうですの』

「わ、わたしがひとりで行けば母を返してくれるんですか」

あやねが震える声で尋ねると、女は首を傾げる。

『ああ……そうですわね、場合によっては可能かと。それよりも、明日の勾当台公園の催しに集う人間たちの命のほうは、間違いなく保証いたします』

「!?」「なんだと!?」

あやねは口元を押さえ、太白が一歩踏み出す。

「つまりそれは、青葉の客の命は保証しないということか……?」

『さあ、それはそちらの出方次第ですわ』

鬼面の下から女の笑い声が響く。

『式神返しなど、考えないほうがいいですわよ。わたくしになにかあれば、時間も場所もかまわず、仕込んだ式神と使い魔が人間を襲う手はずになっていますの』

静まり返るエントランスに、女の勝ち誇ったような声が響き渡る。

『それでは、また明日。必ず、おひとりでね、配偶者さん』

「姉さん！」

様子を見守っていた晴永が叫ぶ。だが女の姿はふいに崩れ落ち、床には人型の紙切れが落ちる。あやねは声もなく震え、その紙切れを見つめることしかできない。

「あやねさん、大丈夫ですか」

太白があやねの肩を抱いて支える。あやねは呆然とつぶやいた。

「た、太白、さん……わたし、わたしは、どうしたら」

「明日の日没まではまだ時間がある。藤田さんや陰陽師の方たち、スタッフと対応策を急ぎ協議します。むろん、あやねさんが大丈夫なら、ぜひ参加を」

晴和の幻影をにらみ据えるようにして、太白はいった。

「相手の思い通りには、決してさせません」


——青葉グランドホテル二十四階、草鞋亭《そうかいてい》。

時刻は深夜三時過ぎ。だがここには、日時も季節も無縁な青空に、美しい庭園が広がっている。振袖を着た幼い少女がひとり、庭園の池のほとりで佇んでいた。

少女の瞳は池の水面を見ているようで、なにも見ていない。

「白木路」

歩んできた誰かに呼びかけられ、少女は物憂げなまなざしで振り仰いだ。

「太白さま。……なぜ、ここに」

「父はどこです。療養区域にはいなかった。あなたなら知っているでしょう」

「なぜ、わたくしが知っていると……などととぼけても、無駄ですわね」

白木路はまた、池の水面に目を移す。太白は言葉を重ねた。

「あやねさんの話で、思い当たりましたので。彼女のお母さまをさらったのは」

一拍、太白は間を置いた。

「父……長庚ですね。その手引きを、あなたが行ったのではないですか」

白木路は無言で池を見つめるばかり。けれど風もないのに水面にはさざ波が生まれ、ざわつき始める。太白はさらにいった。

「勾当台公園近くにある稲荷神社のお社。とても小さいものですが、内部に結界を張れば人間を隠しておける。それに稲荷大明神なら、青葉の外といえど狐の領域。結界を張るのに土地神の許しは必要ない」

黙り込む白木路に、太白は畳みかける。

「陰陽師がお社を調べたところ、妖力を使用した痕跡があった。千年狐のあなたなら、外部の結界をどこかへつなげてお母さまを隠すなど容易《たやす》いでしょう。あるいは」

鋭く、低い声で太白は指摘する。

「――鬼と狐の血を合わせ持つ、父ならば」

返事はなかった。千年狐は眉一筋すら動かさない。太白は淡々と話を続ける。

「父が、いまだ祖父に与していて、そしてあなたも敵であるなら話は簡単だ。しかし、どうにも解《げ》せないことがあります」

「それは……？」

「祖父のような強大な力のある鬼が、なぜ、人質を？　藤田晴和のように、僕や藤田氏に嫌がらせをするためだけとしても、あまりに矮小《わいしょう》だ」

ふいに太白は、見るものの心胆を冷えさせるような恐ろしいまなざしになる。

「八百万《やおよろず》の妖かしを屈服させた鬼がする所業ではない。侮蔑に値する」

幼い少女の姿をしながら、実体は千年を経た狐の白木路が、きつく唇を引き締める。

ふたりのあいだに、しばし緊迫した沈黙が下りた。

「……高階に仕えることは、啓明さまに仕えることと同義でした」

ややあって、白木路の静かな声が池のほとりに流れた。

「ですが、啓明さまが姿を隠されたいま、どうすべきかわかりません。啓明さまを追って離れるべきか、それとも高階に仕えると心を新たにするか……」

「祖父は姿を隠してなどいない。いまも近くで僕たちの動向をうかがっている」

鋭くそう答えると、ふと太白はまなざしを和らげていった。

「あなたを失うのは高階にとって痛手。歳星もあなたに配慮し、この件には助力しないと告げてくるほどだ。しかし、心情に反して無理に引き止めても、時間の問題に過ぎない。僕の力が及ばないのが……残念です」

「太白さまの力を侮ってなどいませんわ。そんな考えこそ愚かですもの」

少女はようやく向き直り、真っ直ぐに太白を見上げる。

「長庚さまはわたくしにとって、孫にも等しい存在。一族のうち、もっとも可愛がっておりました娘を啓明さまに乞われて嫁がせ、生まれた子ですもの。いまこの地にあの子はおりませんが、きっと長庚さまを守ってほしいと願っているでしょう」

「狐は、恐ろしい力を持つとともに情も深い。……わかりました」

太白は目を伏せ、そして白木路を見返した。

「もしあやねさんのお母さまの身になにかあれば、などという脅しを口にするまでもない。どうか、この領域から出ないように。くれぐれもお願いします」

会釈して太白は身を返す。白木路はまた、池の水面に目を戻した。

◆

十二月の陽が遠く山の端に沈む。誰《た》そ彼時《かれどき》だ。

仙台の十二月二十四日の日没は、十六時二十一分。

クリスマスマーケットが開かれている勾当台公園のいこいのゾーンとにぎわいのゾーンには、華やかなイルミネーションが灯る。だが、残るもうひとつのゾーン。

聖祭の喧噪《けんそう》や華やかさから離れ、ひっそり静かなのは——。

「あのう、小玉さん。呑気にパンケーキ焼いてて……いいんすかね」

にぎわいのゾーンの一角に停めたキッチンカーのなかで、若シェフがつぶやく。

「チーフのお母さまが行方不明なんすよね。で、護衛も監視もつけずにチーフひとりでこいって。なのにおれたちは今日も出店してて、いいんすか」

「仕方ないでしょお。もし敵意あるやつらに遭遇しても戦えるわけじゃないですし、普段通りに出店してくれって白木路さまからお願いされましたしぃ」

「しかも、どういうわけか甘柿さんまで参加するなんて」

若シェフは、カウンターから顔を出して外をうかがう。

「お母さん、熊、熊だよ！」「わーい、熊だ！」

なんとキッチンカーの真横に突っ立っているのは、大きな熊の着ぐるみ。通りすがる子どもたちに遠慮なしに群がられ、おろおろと両手を上げている。

「甘柿さんって、どういう方なんですぅ？　まさか熊が本体？」

「おれもはっきり顔は見てないんすけど、手は、熊じゃなかったような」

子どもたちにいいようにされ、大きな体で背中を丸めてしょぼくれる熊に、いったいなにをしにきたのかとシェフと小玉は顔を見合わせた。

しかし、会場が混雑してきたときだった。突然、熊は頭を跳ね上げた。

「あ、ああ、あのあの、わ、わ、若さま！」

シェフと小玉が止める間もなく、熊は人混みをかき分けて走り出す。その行く先には、ダウンジャケットにジーンズの、整った顔立ちの青年が立っていた。

「あ、甘柿、でございます。お久しゅうございます、若さま」

巨大な熊の着ぐるみは大きな体を縮め、青年は頭を下げる。

「……ここでなにを。まさかおまえが連絡役か」

青年が無表情に返すと、熊はもごもごと答える。

「はい、白木路さまに命じられまして。無事に対象は確保しているとのことです」

「そうか」

「あの、お待ちくださいませ、若さま」

きびすを返そうとした青年を、熊は引き止める。

「パンケーキ、いかがでございますか。いろはさま……亡き奥さまより教えていただいたレシピを、いまも変わらず忠実に守り、作っております」

といって熊は深々と頭を下げる。青年は小さく息を吐き、足の向きを変えた。人々が好奇心もあらわに見つめるなか、青年と熊は元の場所へ戻ってくる。

「え、ええと、あのお、そちらはどなたなんですう、甘柿さん」

キッチンカーにやってきたふたりに小玉が尋ねるが、熊はぺこぺこ頭を下げて無理やり車のなかへ入っていく。若いシェフは隅っこに押しやられて叫んだ。

「甘柿さん、なにを？　いや、無理っしょお⁉」

しかし厨房いっぱいの大きな体で、熊は器用にパンケーキを焼き始める。

やがて甘い匂いとともにパンケーキが焼き上がる。熊は温めておいたストロベリーソースをパンケーキにかけ、皿に乗せて厨房から出ると、青年に差し出した。

　青年は気乗りしない様子だったが、頭を下げる熊に仕方なさそうにフォークを取り、適当に一口分を切り取る。だが、口に入れて咀嚼《そしゃく》したとき、青年は目を見開いた。

「これはいろはの……おまえ、本当に彼女の味を守っているのか」

　ぼそりとつぶやく青年に、熊は大きな体を縮めて答える。

「……あやねさまは、いつも、わたしの料理を美味しいといってくださいます」

　熊のつぶやきに、青年は目を向ける。

「いろはさまのように、毎食、ちゃんと伝えてくださるのです。そういう方を選んだ太白さまは、お優しかったいろはさまのお心を、確かに継いでおられます。そんなおふたりを悲しませたくは……ありません。どうか、若さま」

　熊は深々と頭を下げる。青年はしばし熊の後頭部を見つめていたが、一口食べただけのパンケーキの皿をカウンターに置くと、ふいと身をひるがえす。

　物見高く眺める人々のあいだに、ダウンジャケットの背中は消えていった。


　あやねはひとり、勾当台公園の歴史のゾーンに佇んでいた。

　時刻は十六時半。クリスマスマーケットの会場では、イルミネーションがすでに点灯している。だが、昨日のように浮かれる心地には、まったくなれない。

歴史のゾーンは、野外音楽堂のあるいこいのゾーンの北側にあり、涼しげな水路や、木陰のベンチ、仙台の古い地図が彫刻で地面に描かれた古図広場がある。

昼間なら心休まる場だったはず。しかし日没したいま、木陰の暗がりが恐ろしい。

バス停の灯《あか》りに身を寄せ、あやねは震える。いまにも雪がちらつきそうなほど冷え込む仙台の空気が、コートを通しても突き刺さる。いわれたとおり、あやねは護衛もなくひとり。闇と寒さもあいまってよけいに心細さと恐ろしさが身に染みた。

あやねはコートの前をかき合わせて寒さをこらえつつ、考える。母をさらい、青葉と一般人を襲撃しようとは、晴和はなにが目的なのか。

以前に読んだ晴和の情報を、思い返してみる。

陰陽師として秀でているのに、幼いころから「女」であるというだけの理由で、父親に認められなかった晴和。藤田家の後継も、陰陽寮の次期トップを約束されたNo.2の地位も、父親の采配で弟の晴永に与えられてしまった。

妖かしを扇動し、啓明に味方したのは、自分を認めない父や、地位を奪った弟への復讐《ふくしゅう》なのか。年若く生意気な晴永に反感を抱く古参陰陽師たちに取り入って味方につけ、陰陽寮を二分させる内紛を起こしているとも聞いているから。

けれど――晴和は騒ぎを大きくしてしまった。

扇動の過程で妖かしたちに深くかかわり、さらに啓明という〝鬼〟にも与してしまった。陰陽師は悪事を働く妖かしを祓《はら》う立場にある。晴和に味方していた陰陽師らも、もう惑わされないだろう。陰陽寮から晴永たちが派遣されたのがその証拠だ。

父と弟憎しで始まっただろう己の策謀により、すでに陰陽寮や陰陽師界に晴和の居場所はないはず。ならば彼女はいま、いったいどこを目指しているのか……。

「……花籠あやねだな」

は、と振り返ると、暗がりからゆらりといくつもの人影が現れる。あやねは怯えて一歩後ずさるが、その背後をべつの人影がふさいだ。

「口を開くな。俺たちとともに歩け」

あやねがなにか問う前に、人影たちはあやねを隠すように挟む。

否応《いやおう》なしに囲まれて歩き出すしかない。徒歩なら遠くへ行かないはずと思いたいが、母は稲荷神社の社内の結界に隠され、どこかへ移された。安心できる要素はどこにもない。あやねは両手でコートをきつくかき合わせ、恐怖をこらえて歩き続ける。

大通りを北へ十五分ほど、やがて一歩裏手にあるひとつのビルの前に着く。

周囲に灯りはなく、全容はわからないが、どうやら廃ビルのようだ。錆《さ》びついた音とともにドアが開き、背中を押され、あやねはこわごわ足を踏み入れる。

「……さっさと歩け」

人影に腕をつかまれ、引きずられるように階段を上る。ギシギシときしむ段を踏み、数階上ると、またドアが開く音がした。背中を小突かれて進んだ先は、ビルの一室。なかはひと気がなく、埃と錆《さび》の臭いがきついばかりでなにも見えない。

こんな場所に連れ込んで、晴和はなにをしようというのか。あやねを監禁して、太白にいうことを聞かせようとでもいうのか。だが、そんなのは無駄だし、第一、彼の強い意志を侮っている。結局、怒らせるだけで逆効果でしかない……。

「晴和さん、花籠です。いわれたとおり、まいりました」

ひるむ暇も悩む暇もない。自分には、やらなければならないことがある。

「わたしと引き換えに、母を自由にしてください。あなたになにか目的があるなら、できる範囲でご協力します。ですから、どうか」

「……お待ちしていました。かような場にお招きした失礼、お詫びいたします」

ふいに目の前の暗がりから静かな声が生まれ、あやねは目を見開く。

晴和と対峙すると身構えていたのに、いま聞こえたのは彼女の声ではなかった。だが、どこかで聞いた記憶がある――そう思った瞬間、次の言葉が響いた。

「わたくしは、高階啓明。太白の祖父です」

◆

「ようこそ、青葉グランドホテルクリスマスフェアへ！」

夕刻になり、エントランスに続々と入る客に、従業員が頭を下げる。

「招待状をお見せくださいませ。はい、結構でございます」

「申し訳ございません。今日はご予約と宿泊のお客さまのみで……」

天井が高く、明るくなったリニューアル後の内装を、客は嬉しそうに見回しながら、従業員の案内でエレベーターホールへ向かう。

リニューアルオープンイベントでもあるクリスマスフェアは、ブライダルフェアだけでなく、企業向けのパーティプラン紹介、仙台出身で世界的にも人気のピアニストのライブ、聖夜の特別ディナーと、コンテンツが盛りだくさん。

事前予約で絞っているが、それでも招待客はかなりの数。彼らはいったんロビーラウンジに集められて待機したのち、従業員によってエレベーターへと案内された。

「次は十五階、新装いたしましたパーティルーム『葵《あおい》の間』でございます」

スタッフの案内の声とともに、階数表示灯が十五階で点灯する。

扉が開いた。スタッフに見送られ、ぞろぞろと客が降り立つ。

降りたとたん、客たちのまなざしが険しくなる。互いに目を見かわしつつ、紅い絨毯が敷かれた廊下を歩み『葵の間』との看板がある両開きの扉へと進んだ。

だが、開いた扉のなかへ彼らが足を踏み入れたとたん、

「うわっ、うわあああっ」「ひいいっ！」

突如、客たちの足元が抜けた。なんとそこは、青空の下に広がる大海原。

客の擬態が解け、狐やムジナ、トカゲ、その他様々な姿の妖かしに変わる。彼らが落下していく水面が、大きく揺れて割れた——かと思うと、ざばあと水をかいて巨大な黒い魚が三匹現れ、海水ごと妖かしたちを呑み込んでしまった。

『ふむ、さすがわしの新妻』

ごくん、と妖かしどもを呑み込み、黒い巨魚こと甚兵衛が満足そうにつぶやく。

『備えていたとはいえ、青葉から塩釜まで、この数をよく飛ばしたものよ』

『……惚気《のろけ》ですか』『……惚気ですね』

呆れたように弐と参がつぶやくと、甚兵衛は海面を震わせて笑った。

『惚気？　違うぞ、これは自慢だ』

かろうじて葵の間に踏み入る前に逃れた客は、エレベーターに殺到する。

「なんだ、いま、目の前でみなが消えたぞ！」「どういうことだ！」「しかもここにいるのは妖かしばかりでないか」「いったいなにが起きた！」

わずか数名の生き残りはエレベーターのボタンに飛びついて叩いた。しかしなんの反応もない。妖かしたちは焦ってますます激しく扉を叩く。

「……そのボタンは、飾りですよ」

ふいに背後から太白が現れたかと思うと、生き残りたちの首筋をつかみ、恐ろしい音とともに壁に叩きつけた。妖かしどもは擬態を解いて気絶し、崩れ落ちる。

とたん、周囲の景色が一変した。

紅い絨毯の廊下は、無機質な鉄柱が並ぶ広大なフロアに変わる。窓はなく、壁や柱は鉄骨と鉄板。いかにも荒事のための場所だ。

「太白さま！」「上手く行きましたね」

青葉のスタッフ数名がフロアの奥から走ってくる。白木路一族の狐だ。

「さすがに、白木路さまのような堅固な結界は作れませんでした」

「幻覚を作るのに精一杯でしたが、あれでよかったでしょうか」

「充分です。塩釜の海とつなげるための場があればよかったので。よくやりました」

ねぎらいの言葉に、スタッフは一礼する。

一連の作戦は、あやねの提案だった。二つ口家に応援を頼み、白木路の結界のように場を閉ざすのではなく、別の場所に飛ばす方法である。受付で妖かしと人間を選別し、身元の不確かな妖かしのみ、このフロアへ送り込んだのだ。

「しかしなぜ、今回は白木路さまが参加されなかったのでしょう」

「歳星さまも情報を与えるだけで、表立って動かれることはありませんでしたし」

気絶する妖かしを結束バンドで拘束しつつ、スタッフが尋ねる。

「彼らには彼らの都合があります。それだけです」

太白は端的に答える。——そのとき。

『……とっさに式神で変わり身を作って、命拾いしましたわ』

フロアの奥の暗がりから、黒いワンピースに鬼面の女が歩んでくる。凍り付くスタッフたちをかばって前に出る太白に、女は揶揄《やゆ》するようにいった。

『嘘つき。警備はなしと申し上げましたでしょう？』

「卑劣な輩に誠実さを通す必要など、ありませんので」

『まあ、甘やかされたお坊ちゃんかと思いましたら、意外に悪いひと』

からかう声は余裕に満ちていた。おそらくこの展開を予期していたに違いない。

「ここにいるなら式神ですね。しかも陰陽師本人の分身である、上位の」

軽口に取り合わず太白は鋭く指摘するが、女はくすくすと笑うだけだ。

『残念ですわ。今度は破壊するのでなく、せっかく改装したこのホテルを人間ごと燃やしてさしあげようと思いましたのに。ねえ、ご存じですわよね』

女の両の袖口から、ふいに無数の紙切れがザッと落ちた。それは床に落ちた瞬間、おびただしい数の炎の蝶《ちょう》となって宙に舞い上がる。

『鬼は五行でいう金。わたくしの扱う火に滅されるもの。そして、百鬼夜行祭での立ち合いで、あなたが父親より力はあっても速度に劣るのを知りましたの』

女は高笑いをして、片手を上げる。その手に無数の炎がまとわりつく。薄暗いフロアは熱がこもり、肌が灼《や》けるように暑くなる。

『今回、かばってくださるお父さまはいらっしゃいませんわね、坊や！』

いうやいなや、女は片手で燃え盛る炎を投げた——だが、

「なっ⁉」

投げた先に太白はいない。女が息を呑むと、耳元で声がした。

「……何度、式神返しを喰《く》らえば気が済むのですか」

突如、女は首根をつかまれる。振り払おうとしてもできないほどに、強く。

見る間に太白の人間の爪は鬼の太い爪に変わり、女の肌に食い込む。女は太白の腕をひっかいて暴れるが、むろん、びくともしない。

『な、なぜ……⁉ う、ぁ、あ』

「〝狐〟としてならともかく、父は〝鬼〟としての器量は僕より劣ります」

冴え冴えとした声が、苦悶《くもん》する女の耳に刻まれるように響く。

「仮にも父相手に僕が鬼として本気を出すと思うなら、認識を改めたほうがいい」

ささやく太白の口元に、恐ろしい牙がのぞく。女の首をつかむ腕が、太い鬼の腕に変わる。しかし、太白がそれ以上動く前に声が響いた。

「待ってくれ、御曹司……高階太白！」

フロアの奥にあるエレベーターのほうから、狩衣《かりぎぬ》姿の晴永が駆けてくる。

「式神返しは待ってくれ。返せば、今度こそ姉は再起不能になるよ」

「それの、なにがいけないのです」

ぞっとするような冷たい声に、晴永は凍り付く。

「話があるなら、手早く。それ次第です」

女の首をつかんだまま、太白は促す。晴永はぐっと唇を噛み、一歩踏み出す。

「姉さん、もうやめよう。これが不毛なことだって、わかってるよね」

『……不、毛？』

首を締め上げられつつも、女は答える。晴永は言葉を継いだ。

「高階太白に挑むのは無駄だ。彼の強さは何度も挑んだ姉さんならわかっているだろう。陰陽寮も、すでに姉さんを害とみなして排除を決めている」

『あなたに、とっては……確かに、不毛で……無駄、でしょうね』

ぎり、と女は歯を剝き出しにして食いしばる。

『ただ……男というだけで、跡継ぎと……認められて。誰かに、認められるために……努力する必要も、抗う必要も、ない、くせに……あ、はは、は』

ぐ、と苦しげに女はうめきつつも、あざ笑う。

『高階、太白……あなたなら、わかるかしら。どんなに優れていても半妖といわれ、人間にも妖かしにも居場所のない、あなたなら……うふ、ふ、啓明さまは、あなたを半端ものといっていたわ。強さも、妖かしの在り方も、半端だって。お可哀想《かわいそう》ね、身内にも侮蔑されて、可哀想……！　わたくしは、あなたに同情いたしますわ』

「――いいたいことは、終わりですか」

凍り付くような声が響く。一瞬、女も、背後で聞いていた晴永も硬直した。

しかし、すぐに女は唇を釣り上げて笑った。

『あはは、早く……式神返しをなさい……出来損ないの、半端ものの、御曹司。あなたの配偶者は、遅かれ早かれ、あなたに……幻滅するわ。人間でもない、妖かしでもない、ただ恐ろしい力を持つだけの薄気味悪い……あなたに！』

次の瞬間、怒りの咆哮《ほうこう》とともに太白が女を床に叩きつけた。

絶叫とともに女の姿は霧散し、黒こげの紙切れとなる。太白は息をついた。今度こそ晴和は、死に至るほどの恐ろしい怪我を負ったはずだ――はずだ、が。

（あやねさんなら、きっとこんな仕打ちをせずに話を聞いただろう）

しかし、手加減できるほど太白の怒りは生易しいものではなかった。

「申し訳ありません、藤田さん。手加減をせずに」

太白が振り返って告げると、はっと晴永は我に返った。

「……い、いや、仕方がないよ。それにあの余裕からして、式神返しをされてもなにか策があると見た。それは御曹司も気づいてたんじゃないの」

深々と晴永は吐息して首を振ると、身を返す。

「急ごう。二つ口の準備は整っている。あやねさんのもとへ向かわなきゃ」

「了解です」

太白は深呼吸し、鬼に変容した自分の身を戻して晴永のあとを追おうとした。

「……なんだと？」

だがその腕は、赤黒い肌の凶悪な鬼のまま、唇からも太い牙がのぞいている。

「は、やく、早く、元に戻って、あやねさんのところへ……行かなくては」

太白は再び深呼吸し、自分のなかの憤りをなだめようとする。しかし不安と焦りで気持ちが落ち着かないのか、なかなか鬼の姿は消えてくれない。何度も深呼吸を繰り返す太白のこめかみから汗が流れ、点々とコンクリートの床に黒い染みを作る。

しばしして、ようやく鬼の腕も太い牙も、額の角も消えていく。〝人間〟の姿を取り戻し、太白は安堵の息を吐くと、スマホを取り出す。

「白糸さん、太白です。こちらは片付きました。いま向かいます」

破れた片袖から腕をむき出しにして、太白はエレベーターへ走っていった。


廃ビルの真っ暗な一室で、あやねは啓明と名乗る声と向き合っていた。

穏やかで優しい声。初めて啓明を見たのは八月の引退パーティのときだ。上品で洒落もの、軽妙な話しぶりの老紳士といった印象だった。残忍な晴和を手駒のように使い、太白を襲わせるような相手とは思えないほどに。

「な、ぜ……わたしと、会いたかったのですか」

あやねは勇気を振り絞って尋ねる。

「わたしは、ただの人間です。会いたいと思われるようなものではありません」

「ご謙遜を。あなたが孫と縁づいたがゆえに、青葉グランドホテルにも、そして孫にも変革が起こりつつある。祖父として、大変に興味深いことです」

声はあくまで穏やかだった。しかし、なぜかあやねは嫌な感じを覚える。背筋が冷たくなるような、吐き気を催すような……底知れぬ悪意がある、ような。

「あなたをいかようにすべきか、考えました」

空気が動く気配がした。あやねはコートの前を握り、身を固くして一歩退く。

「……ああ、やはり」

「ひ、ひゃあ！」

だが耳元で声がして次の瞬間、恐ろしい力でコートが背中から引き破られる。

あやねはよろめき、埃だらけの床に膝をついた。闇のなかにかすかな火が灯り、即座に消える。あやねは息を呑んで凍り付いた。コートの内ポケットに隠していた、晴永の式神が破られたとわかったのだ。

「重ね重ね、無礼を申し訳ありません。ですが……やはりビーコン、標識の式神を仕込んでいたのですね。護衛の妖かしにぎりぎり気づかれないだけの、微弱な呪力」

次いで、啓明が妖かしたちに命じる声が響く。

「すでに居場所は知られたはず。迎え撃つ準備を」

いくつもの足音があわただしく外に出ていく。床の上で硬直するあやねの頭上に、啓明の面白がるような声が降ってくる。

「あなたは勇敢だが、無謀でもある。ご自分でもいいましたね、ただの人間と。そのただの人間が、こんな恐ろしい目に遭って理不尽と思いませんか」

「……なにを……」

「離縁したら、いかがです」

ずばりと啓明はいった。あやねは思わず目をみはる。

「あなたはとうてい、高階の……鬼の配偶者には力不足。もっと……彼には、ふさわしい相手がいるはずです。鬼の伴侶として充分な力を持つものが。今回も、むざむざさらわれて足手まといにしかなっていないではありませんか」

「ち、違います。囮になると志願したんです。あなた方の本拠地を探るために！」

あやねは震えつつも必死にいい返した。

「だから、足手まといじゃない。計画の内です。も、もうあなたは、お終いなんです。太白さんや陰陽師の方々が、すぐにやってきますから！」

あやねにつけられた式神は、ただの標識ではない。

青葉グランドホテルには、あやねの提案で二つ口家のものたちが待機している。式神が破壊されるか、一定時間以上同じ場にとどまれば、即座にあやねのいる地点へ二つ口のわざで空間をつなげる手はずだ。だが、あえてあやねは話さなかった。手の内を見せれば対応されかねない。なるべく助けがくるまで時間を稼いで——。

あやねがそう思ったとき、啓明の余裕ある声が響く。

「残念ながら、あなたがここに入ったあと、特殊な結界を張りました。……太白ひとりを通す結界を。その意味が、おわかりですか」

あやねは息が止まりそうになる。生臭い息が、凍り付くあやねの頬にかかる。

「お察しのようですね。こちらはすでに迎え撃つ準備はできている。あなたを捕らえられ、助力もなしに彼がどこまでできるか……そう、彼はあなたを大切にし過ぎている。策もなしにあなたをひとり送り出すわけがないと、誰でもわかります」

「あ……」

「まったく、見通しが甘い。やはり、あれはひとの血を引くがゆえに情に弱い愚かさがある。それも見抜けず彼に惚れ込むなら、あなたも思ったより愚か者なのですね。間違いなく彼が自分を救ってくれると、心から信じるとは。あんな——」

啓明の口調が変わり、突如、剝き出しの悪意が現れた。

「あんな、半端ものの存在を」

な、とあやねは声を吞む。黒々とした声がさらに響く。

「わざわざ狐とつがって産ませた息子は性根が惰弱、なおかつ人間とのあいだに子を成してしまった。ひとの血が混じればひとに戻りかねない。現に太白は、鬼としての力はあるのに、長庚よりさらに精神が軟弱。父に続いて人間を伴侶とし、さらには陰陽師どもと手を組む。鬼として、すべてを喰らおうとする気概のかけらもない」

憎々しげに、蔑みの色もあらわに啓明は語る。

「――しょせんは、愚かな半妖だ」

〝……どれだけ努力しても、祖父や妖かしたちには半妖としか見られない〟

あやねの脳裏に、太白の静かな悲哀を秘めた声がよみがえって響く。

〝僕は何度も、せめてこの苦しみを父に話せたならと……〟

「……やめてください」

あやねは、静かにいった。言葉に強い憤りをこめて。

「そうやって、太白さんを勝手な理由で蔑むのは、やめてください」

「なにかいったかね。お嬢さん」

啓明は嘲笑をにじませて問い返すが、あやねはひるまずにいい返す。

「あなたには、きっとどれだけ言葉を尽くしても伝わらないでしょうけれど。わたしは、太白さんがどれだけ強くて、優しくて、立派なひとかよく知っています」

恐怖を哀しみが上回る。哀しみが怒りを引き起こす。

「太白さんのこと、あなたはなにもわかってない。あのひとの抱える痛みや、押し隠してきた哀しみ、優しさを、強さを、なにひとつ。そうやって、なにもわからないくせに勝手に決めつけるあなたこそが、自分しか見えていない愚か者です」

怒りに突き動かされ、あやねは精一杯の強い言葉をぶつけた。

「この世に、半端ものなんていません。太白さんは意志ある一個の存在です。弱さもあるけれど、その弱さを受け入れて強くあろうとする、立派な方です。誰かを見下すしかできないあなたには、絶対にわかりません！」

「……わかるわけがない」

ふいに、啓明の声に怒気がこもる。

「わたくしの苦悩も、悔しさも知らない輩を理解なんて、絶対にするものか」

あやねは眉をひそめた。啓明をよく知るわけではない。だが、明らかに彼ではない口調だった。話す内容もそぐわない気がした。

（このひと……誰？　もしや、啓明氏ではないの……？）

「人間との共存なんて間違いだったと、あの方がいうのも道理。やはり全力で排除し、あの方の——っ!?　あっ、うあああっ！」

突如、啓明の絶叫とともに目の前でなにかが燃え上がった。

「え、熱っ!?　ひええっ」

恐ろしい熱さにあやねは驚いて這うようにして逃げる。埃の積もる床を壁際まで逃げて振り返ると、闇のなかで人影が炎に包まれているのが見えた。

「な、なに、いったい、なにが……？」

「き、効くものかっ！」

あやねが震える声でつぶやいたとき、燃え盛る炎をまとう人影が声を絞り出す。

「式神返しなど効かない。わたくしは、あの方の力をいただいて、鬼に——」

そのとき、ビルの下方で次々とすさまじい音が響き渡った。

悲鳴や叫び、混乱の怒号が立て続き、ビルの壁が何度も大きく揺れたあと、しん、と静まり返った。まるで、警護していた妖かしたちが倒されたような物音だ。

「そんな……結界を破られた気配も太白が現れた様子もなかった。なのに、なぜ！」

人影が混乱の声を上げたとき、ひとつの足音が響いた。

誰かが、階段を上がってくる。ゆっくり、着実に、啓明――と名乗る何者かを、追い詰めるように。

「……太白の式神返しを食らって立っていられるなら、上位式神か」

ひとつの声が闇に響いた。あやねも、そして火をまとう人影も声を呑む。

馴染みはないが、聞き覚えのある男の声。しかし確実に部外者のものに違いない。けれど、どうして結界が張ってあるはずのこのビルに入ってこられたのか。

いきなり、ごうと風が起こった。

あやねの目の前で啓明を名乗っていた人影が吹き飛ぶ。壁に叩きつけられ、ビルを揺るがすほどの振動が響き、次いで床に重い音が落ちた。

別の人影がその前に立ち、低い男の声でいった。

「そして、俺の〝変化《へんげ》〟が見破れないなら、おまえは啓明ではない」

「き、貴様……誰……。まさか……!」

「やっとわかったようだな」

冷ややかな返事に、人影は半身を灼かれながらも身を起こし、両手を前に掲げる。

「それで……勝ったつもりか。あの方から力をいただいたのだ。貴様も、その女も、わたくしの火でもろともに灼いてくれる。たとえ、この身も灼かれようと!」

ふいに〝啓明〟の両手に無数の炎の蝶が生まれ、男とあやねに襲い掛かる。

男はあやねをかばいつつ片腕で薙《な》ぎ払《はら》うが、さらに多くの蝶の群れが容赦なく襲いかかる。男は炎にまとわりつかれ、あっという間に体が燃え上がった。

男は即座に燃える上着を脱ぎ棄《す》て、壁に突進する。

「ぐぁあっ！」

コンクリートにひびが入る音と苦悶の声が響いた。座り込んだまま身をすくめるあやねの前で、燃える上着の火が、黒い人影を片手で壁に押し付ける男の背中を照らし出す。あやねは思わず声を上げそうになった。

（まさか、あなたは……！）

あやねが声を呑んだとき、壁に押し付けられた〝啓明〟の片手がわずかに動いてひらめいた。とたん、数羽の炎の蝶が出現し、動けないあやねに襲いかかる。

「あやねさん！」

だが、ふいに部屋へ飛び込んできた誰かが、炎の蝶を弾《はじ》き飛《と》ばす。

と同時に、聞くに堪えない悲鳴が響き渡った。悲痛なほどの女の絶叫だ。あやねが恐怖に息を呑むあいだ、叫びの余韻が尾を引いて、闇に消える。

驚くほどの静寂が訪れた。男の声が、静けさに落ちる。

「片腕の借りは返してもらったぞ、陰陽師」

目まぐるしい展開に、あやねはただ呆然とするしかできない。そのかたわらに、たったいま助けに入ってくれた相手が膝をついてのぞき込む。

「あやねさん、お怪我はないですか。僕は……間に合いましたか」

「あ……た、たいはく、さん……？」

聞きなれた優しい声が耳に触れた。とたん、安堵の想いが奔流のようにこみ上げる。

あやねは息をするのも忘れ、しがみつくように抱きついた。

一瞬だがその場の状況を忘れて、埃だらけの床であやねと太白は固く抱き合う。

「ありがとうございます、あやねさんを助けてくださって」

太白はあやねを片腕で抱きかかえながら、壁際に立つ男を振り返る。

「あなたの思惑はわかりません。しかし、謝意はお伝えします」

「……彼女の母は白木路に預けてある」

ぼそりと男が答えた。はっとあやねは身を乗り出す。

「じゃ、じゃあ、母は、母は無事なんですね!?」

「あちらに加担するふりをして保護させてもらった。あなたを呼び出し、それに乗じてこの場に潜り込むために利用したことを、謝罪する」

というと、男は身をひるがえそうとする。あやねは、彼の着ている服の片袖が空っぽで揺らめいているのに気づいた。

「待ってください。まだあなたの怪我は完全に治りきっていないはずだ」

太白が呼び止める。その声には、相手を気遣う想いがあふれている。

「あなたが話したくないことは、もう訊きません。ですから、せめて青葉で療養を」

「……彼女が大事なら、手放すことだ」

肩越しに振り返り、太白の言葉をさえぎって男は告げる。

「いろはと……おまえの母と、同じ目に遭わせたくないならな」

「!?　どういうことです、それは」

太白の問いに答えず、男は外へ出ていく。

「いかないでください、待ってください――父さん！」

太白は懸命に呼びかけるが、男の足音は階下へ遠ざかり、やがて消えた。

「……追わなくて、いいんですか。太白さん」

「いまはあやねさんの身を保護するのが先です。ですが……」

あやねがそっと尋ねると、太白は静かに答えた。

「父が心の整理をしたら、いつかきっと向き合ってくれると、僕は信じたい」

「あやねさん、御曹司！」「あやね、太白、無事ですかにゃ！」「あやね！」

階下から晴永や小泉さん、お大師さまの声が昇ってくる。まるで、壊されかけた日常が戻ってくるように。

◆

「……啓明、さま」

どこかの古い屋敷の一角に、弱々しい女の声が響く。

闇ばかりに包まれた長い廊下を、ずるり、と女は足を引きずって歩む。焼け焦げて縮れた長い髪と、焼かれてただれた半身を抱えた——藤田晴和だ。

「どこに、おられますか……わ、わたくし、必死に、やりました……」

うわ言のようにぶつぶつとつぶやきながら、晴和は壁を支えに廊下を歩む。これだけ酷い火傷を負って、生きているのが不思議なほどだ。

「あなたの、いうとおりに、ちゃんと太白の怒りを、引き出しました。鬼としての、制御できない、恐ろしい力の……片鱗を……！」

「よくやった」

ふと目の前に影が差す。ああ、と晴和は喜びの声を上げた。

「啓明、さま。あ、ああ、ありがとう、ございます」

無残に焼けた晴和の肌に、涙が一筋伝う。

「父にも、陰陽寮にも見捨てられ、認められなかったわたくしの力を、あなたは認めてくださった。あなただけが、わたくしを……」

「……哀れだな。とても、哀れだ」

静かな声が、闇にこだまを伴い、響く。

「おまえを認めぬものなど、捨ておけばよかったのだ。承認を求める愚かな欲が、その身を滅ぼすというのに。だが」

「……啓明、さま……？　ひっ！」

詰まるような女の声がした。

次の瞬間、聞くに堪えない悲鳴が屋敷に響き渡る。

それが途絶え、次いでどさりと床になにかが落ちる音が生まれた。静かな声がそのあとに落ちる。

「憎しみという情をもって邪をなすことこそ、鬼。ゆえに、人間といえど、おまえは真に〝鬼〟であったといってさしあげよう——もう、聞こえてはいまいが」

エピローグ

イブが明けたとたん、街からはクリスマスの気配が消えていく。

イルミネーションは消え、ツリーもオーナメントも片づけられ、いつもどおりの街の光景。代わりに、新たな年へ向けての飾り付けが始まる。

ひとの営みは続いていく。苦難があり、痛みがあっても、ひとつひとつの節目を迎え、越えて、その先に。

「なんだか、色々あった気がするわよねえ。たった一週間なのに」

青葉グランドホテルのロビーラウンジで、あやねとみちよは朝食を取っていた。ほかの宿泊客の朝食は、別の階のレストランでのビュッフェ。まばゆい朝陽《あさひ》に照らされたラウンジは、実質あやねとみちよの貸し切りだった。

「まさか気づいたらホテルのベッドで、イブが終わってたとは思わなかったわあ。あんまり記憶ないんだけど、丸一日寝ちゃってたのね。疲れてたのかしら」

「そ、そうだよ。お母さん、ずっと観光に飛び回ってたんだもの」

あやねは冷や汗をかきながらごまかす。まさか長庚に気絶させられ、白木路の結界内にずっと隔離されていたとはいえない。

「今夜、名古屋に帰るから。着いたら連絡するわあ」

「そっか……全然おもてなしできなくてごめんね」

「なにいってるの。忙しいのに太白さんとあいさつをしてくれたじゃない」

みちよは笑って、フルーツソースのかかったパンケーキを切り取って頬張る。

「あら、まあ、このパンケーキ美味しいわねえ。朝から甘いものってどうかしらと思ったけれど、これならいくらでも入りそう」

「よかった。高階のお屋敷のシェフお手製なの。ふだんは外で出さないんだけど、今朝は特別に作ってもらったんだ。お母さんに食べてほしくて」

「まあ、そう。あなたは大事にしていただいてるのね。ありがたいわ」

嬉しそうにほほ笑むみちよに、あやねは頭を下げる。

「お母さん、ごめん……いっておきたいことがあるの」

「また謝って。いったい、なんの話」

「くわしくは話せないけど、わたしと太白さんの結婚は〝ふつう〟じゃないの。事実婚の時点で、一般的じゃないんだけど。でも……ごめん」

みちよはナイフとフォークを置いて、じっと娘を見つめる。

「そのことで、あなたは不幸せ？　不本意なの？」

「え、ううん。違う。わたしが自分で決めた結婚だもの。でも。〝ふつう〟じゃないから、お母さんに迷惑かけたし、おもてなしも、できなかったし」

「あなたが不幸せでないなら、わたしにはなんの迷惑でもないわよお」

といって、みちよは優しくほほ笑む。

「同じ名前のつく病気の患者さんに同じ治療をしても、体質とか年齢とか性別とか、食事の好みとかで、効果は変わってくる。人間は家電製品じゃないからねえ。だから、どの治療が効くか見極めるには、数百例以上のデータが必須ってわけ」

「うわ、さすが看護師っぽいお話。って、看護師だけど」

「つまりね、平均はあっても〝ふつう〟や〝汎用〟や〝絶対〟はないってことよ。でも……だからってふつうじゃないのは当たり前って、片づけたら駄目なんだけど」

みちよはラウンジの窓の外に目をやり、遠くを見つめる。

「わたしも、シングルマザーなんて珍しくない、つらいことも、大変なことも、みんな同じなんだって一生懸命思い込んで、つらさに向き合わずにいたわ」

「……お母さん」

「だけど、症例も個人差があるように、苦しみだって個人差がある。誰かに打ち明けて、それは当たり前のことだっていわれたら、自分のつらさを否定されたような気持ちになるじゃない。聞いてもらえないんだって、絶望するかもしれない」

みちよは、テーブルに置いたあやねの手に、自分の手を重ねる。

「いまは話せないのかもしれないし、幸せなのかもしれない。けれど、わたしに打ち明けるということは、どこかで悩んでいるからじゃないの」

ぎゅ、とみちよはあやねの手を握る。しわ深く、かさついた手は、それでもあやねを包むように優しくて温かい。

「もし話す気になったら、いつでも話してね。お母さんはどこにいてもあなたのもとへ飛んできて、あなたのつらさを受けとめるから」

うん、とあやねはうなずく。うん、ともう一度うなずいたとき、思いがけず涙がこぼれて、テーブルクロスに落ちた。

「あらあ、まあ、しっかりしてるのに実は泣き虫なのは、昔からねえ」

へへ、とあやねは涙をぬぐって、泣き笑いする。ふふ、とみちよは笑い返す。楽しげな笑い声が、ふたりきりのラウンジに優しく響いた。

……という穏やかな光景は、二十五日の朝のこと。

そこに至るまでの二十四日の夜は、太白や晴永、青葉のスタッフは騒動の後始末に一晩中追われていた。

幸い、改装で荒事用のフロアを設けていたため、被害は最小。クリスマスフェアもとどこおりなく済み、宿泊客も安らかに就寝した。

廃ビルで倒れていたのは、晴和に協力していた妖かしや使い魔。彼らは無事捕らえられ、陰陽寮の陰陽師とともにその力を封じる手はずになっている。

啓明の行方はいまだわからない。晴和の死体もなかった。そして、あやねを救い出してくれた長庚も、その姿を消している――。

「じゃあ……お父さまが味方だという可能性は、考えていたんですね」

事業統括部長のオフィスで、あやねは太白に尋ねる。

「ええ、藤田晴和の〝保証しかねる〟という返事と白木路の反応で。とはいえ、父の意図は正確にはわかりません。本当に味方なのか、いまどこにいるのかも」

「白木路さんと歳星さんは、もうこちらに助力してくださらないのでしょうか」

「わかりません。祖父の件にはかかわらないと決めているのかもしれない」

物思わしげに、太白は美しい眉をひそめる。

「歳星は、情報はくれるかもしれませんが、今後どれだけ頼れるか不明です。とにかく、お母さまが無事だったのは喜ばしいことです……ところで、あやねさん」

「なんでしょう、太白さん」

「いつまで、僕のシャツを握っているのですか」

指摘のとおり、ソファに腰掛けた太白のシャツの端を、隣に座るあやねが握っていた。子どものようだが、断固として離さないという意志がある。

「だって、ちょっとくらい……そばにいてほしいなあって、思って」

立て続けに起きた騒動の疲労で、あやねは自棄になっていた。後始末で太白が忙しいのは重々承知している。だが、いつまた向き合えるかわからない。それに――。

〝……彼女が大事なら、手放すことだ〟

長庚の残した言葉が、痛いほど耳の奥で響く。これまで幾度か太白は、あやねの身を案じるがあまりに、自分から離れようとした。ほかならぬ父にいわれて、またその想いを新たにしてしまうかもしれない。

(そんなのはいや。わたしは……だって、わたしは……!)

「太白さんは、わたしのそばにいたいって思ってくれないんですか?」

あやねがすねたようにいうと、太白は困り顔で答える。

「もちろん、僕もあやねさんのそばにいたいのは本心ですが」

「それはよかったです。でも……そばにいたい、だけですか？」

「……え？」

けげんそうに訊き返す太白に、む、と唇を尖らせて見上げる。

「せっかく恋人になったのに、それらしいこと……したくは、ないんですか」

「そ、それらしいこと、とは」

あやねにずばりいわれて、太白は挙動不審になる。

「つまり、あの、恋人らしいこと、ですか。た――たとえば？」

「う？　そ、そうですね。たとえば……たとえば、ええと、スキンシップ、とか」

小声であやねが答えると、太白は真面目な顔で「スキンシップ」と繰り返す。

しまった、とあやねは頭を抱えたくなる。あやねへの想いを自覚するだけで混乱してしまう太白には、難易度の高いリクエストだっただろうか。

「手をつなぐ、とか。ハグする、とか……いえ、何度もやってますね」

「つまり、それ以上のスキンシップが恋人だと……いうわけですか」

要するに、いまここで求められているのは――さらに上級のステップ⁉

そう気づいて、あやねと太白は同時に真っ赤になる。

アラサーふたりが「スキンシップ」で耳まで赤くしている光景は、第三者的にはかなり間抜けだったが、当人同士はむろん、本気も本気の大真面目だ。

「そ、それでは、それでは、その」

太白はうつむいて、消え入りそうな声でいった。

「……キスを……許していただけないかな、と」

え、とあやねは目を剝く。さすがにキスは想定していなかった。

「い、いいですよ。どうぞ」

とはいえ、自分がいい出したことだ。あやねは真っ赤になりつつも、半ば開き直った気持ちで目を閉じる。

「……えっ？　額？　額なんですか、キスって⁉」

ところが額に押し当てられた感触で、あやねが目を開けると、太白は見るからにうろたえた様子で答える。

「いや、まさか初めてで、唇、には。……もっと練習をしてから」

「練習ってなんですか、わたし以外の誰と練習するつもりなんですか⁉」

「ちち、違います、そういう意味でいったわけではなく！」

ふたりはいい合うが、ふと顔を見合わせて、同時に噴き出した。

「ああ、やっぱり一足飛びに恋人らしく振舞うなんて、無茶ですね」

「いえ、同感です。もっと……ゆっくり、進みましょうか」

はい、といってあやねは太白の肩にもたれる。太白はあやねの手を握り、包むように肩を抱いた。久しぶりの、ほっとするようなふたりきりの時間だった。

「……父の言葉を思い返していました。あなたを手放せ、という」

はっとあやねは頭を起こして見上げる。まさか、と身をすくませたとき、

「それは正しいかもしれない。でも、正しくないかもしれない。あやねさんは、起ってもいないことを怖がって離れるのはいやだといってくれた」

太白は、あやねの手を握る手に力をこめる。優しく、しかし強い意志をもった美しいまなざしで、眼鏡の奥からあやねを見つめる。

「ですから、離れません。どんな危険にも、僕は全力で立ち向かいます」

あやねは、静かに太白を見返す。

長庚の真意はわからない。だが、あやねと太白を想っての忠告のはずだ。人間と妖かしという結びつきの困難さを知る彼だからこその、言葉。

――でも、決めたんだもの。もう逃げないって。向き合っていくって。

自分の想いにも、太白さんの想いにも、真っ直ぐに――。

「母もいってくれました。これからもふたりで、助け合って生きていってって。だから、わたし、なにがあっても、太白さんのそばにいます。いいえ」

目を上げて、あやねは太白に確かな声で告げる。

「一緒に、いてくださいませんか。太白さん」

「……あやねさん」

ぎゅ、と太白はあやねを抱きしめる。愛《いと》しいものを決して離さないというように。

「もちろんです。僕こそ、あなたとともにいたい。どうか……そばにいてください」

ふたりは肩を寄せ合い、手をつないで、しばしの安らかなひとときを共有する。

聖夜らしくない聖夜は更けていく。ふたりにとって、これが初めて恋人同士として過ごす夜だと気づかないままに。

聖夜らしくなくても、ディナーもツリーもなくても、ずっとずっと忘れられない、特別で大切な夜――。

<初出>

本書は書き下ろしです。

この物語はフィクションです。実在の人物・団体等とは一切関係ありません。

メディアワークス文庫

百鬼夜行《ひゃっきやこう》とご縁組《えんぐみ》
～契約夫婦《けいやくふうふ》と聖夜《せいや》の誓《ちか》い～

マサト真希《まき》

2021年5月25日　初版発行
2024年4月30日　4版発行

発行者　山下直久
発行　株式会社KADOKAWA
〒102-8177　東京都千代田区富士見2-13-3
0570-002-301（ナビダイヤル）
装丁者　渡辺宏一（有限会社ニイナナニイゴオ）
印刷　株式会社KADOKAWA
製本　株式会社KADOKAWA

●お問い合わせ
https://www.kadokawa.co.jp/（「お問い合わせ」へお進みください）
※内容によっては、お答えできない場合があります。
※サポートは日本国内のみとさせていただきます。
※Japanese text only

※定価はカバーに表示してあります。

Printed in Japan
ISBN978-4-04-913824-5 C0193

メディアワークス文庫　https://mwbunko.com/

本書に対するご意見、ご感想をお寄せください。
あて先
〒102-8177　東京都千代田区富士見2-13-3
メディアワークス文庫編集部
「マサト真希先生」係

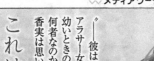